소로의 나무 일기

리처드 히긴스 Richard Higgins는 매사추세츠 콩코드에서 활동하는 작가 겸 편집자다. 20년간 〈보스턴글로브〉의 기자 겸 주필로 일했다. 그의 글은 〈뉴욕타임스〉《애틀랜틱먼슬리》《크리스천센추리》《에스콰이어》《스미소니언》에 실렸다. 홀리크로스칼리지, 컬럼비아 언론대학원, 하버드 신학대학원을 졸업했다. 《진지하게 신앙하기Taking Faith Seriously》를 공동 편집했고, 《인생 작품집Portfolio Life》을 공동 집필했다. 2000년대 초에 소로의 자연사 에세이와 일기를 통해 히긴스 본인이 어린 시절에 나무를 사랑한 마음을 다시 깨닫고 확인했다. 소로가 걸은 길을 걷고, 똑같은 나무를 사랑하고, 새로운 눈으로 나무를 보는 법을 터득했다. 그때부터 나무에 대해 글을 쓰고 사진을 찍기 시작했다. 그 결과물이 바로 이 책이다.

정미현은 연세대학교에서 신학을, 한양대학교에서 연극영화학을 공부했고, 뉴질랜드 이든즈칼리지에서 TESOL 과정을 마쳤다. 오래전에 〈교계신문〉 기자로, 한때는 연극배우로 살다가, 지금은 해외의 좋은 책을 찾아 소개하고 우리말로 옮기는 일을 한다. 옮긴 책으로 《소주 클럽》《코리안 쿨》《모든 슬픔에는 끝이 있다》《WHY》《야생 생존 매뉴얼》《중년 연습》《여행지에서만 보이는 것들》,《성서의 이야기 기술》(공역)《사회주의 100년》(공역) 등이 있다.

University of California Press Oakland, California
© 2017 by Richard Higgins

Korean translation copyright © 2018 by Slow & Steady Publishing Co.

Thoreau and the language of trees

소로의 나무 일기

리처드 히긴스Richard Higgins 엮고 해설
허버트 웬델 글리슨Herbert Wendell Gleason · 리처드 히긴스 사진
정미현 옮김

황소걸음
Slow&Steady

하늘을 배경으로 줄지어 도드라진 저 숲 말고
내가 얻은 수액, 열매, 가치를 어디에서 찾겠는가.
저 숲 속에 내가 일군 숲이 있다.
은빛 솔잎이 햇빛을 곱게 걸러내는 나의 숲.

헨리 데이비드 소로 Henry David Thoreau

차 례

이 책에서는 진짜 마법이 펼쳐진다. 리처드 히긴스는 소로가 걸은 곳을 걷고, 소로가 본 것을 보며 매사추세츠주의 콩코드Concord 지역을 두루 돌아다녔다. 나무 한 그루 한 그루를 때론 소로처럼, 때론 소로와 함께 가지 하나하나, 이파리 하나하나, 싹 하나하나 '관점을 달리하며' 살펴본다. 독자는 히긴스의 집념과 열의, 예리함과 빛나는 묘사력 덕분에 소로와 히긴스가 본 것을 보고, 그들의 감정을 고스란히 느낄 수 있다.

소로가 주변의 나무에 쏟은 애정에 대해 히긴스는 냉철한 사후 분석을 하는 게 아니라 세세한 사실과 정보를 열심히 알아내고, 시각과 청각과 후각을 충족하고자 한 소로의 열정을 예리한 눈으로 포착해낸다. 그 덕분에 소로가 사랑한 나무는 고스란히 히긴스와 독자의 마음을 파고든다.

히긴스는 소로에 버금가는 열의를 불태우며 놀라운 작업을 이어간다. 히긴스는 소로가 무엇을 알았는지 안다. 소로의 글이 독자의 모든 감각을 일깨우듯이 히긴스의 글도 그렇다. 우리는 글을 읽으며 촉촉한 잎사귀와 차가운 땅바닥을 느끼고, 겨울 하늘을 향해 뻗은 앙상한 가지를 보고, 벗겨낸 나무껍질을 맛보고, 소나무 수액 냄새를 맡고, 솔숲 사이로 부는 바람 소리를 듣는다.

히긴스가 찍은 사진은 이 책에 함께 실린 훌륭한 사진작가 허버트 웬델 글리슨Herbert Wendell Gleason의 사진에 견줘도 전혀 손색이 없다. 이 책에는 소로가 그린 나무 스케치를 적절히 사용한 덕에 소로라는 대가가 한층 가깝게 다가온다. 간결한 이미지는 소로의 열정과 집중력이 겸비된 통찰력, 빈틈없는 안목을 제대로 담아낸다.

콩코드 숲을 거닌 소로를 오래전부터 좋아한 사람이나, 이제 막 소로를 만난 사람이나 이 책에서 새로운 사실을 깨달을 것이다. 예를 들어 소로가 맹목적으로 교회의 규율에 매달리는 사람이 아니어도 신앙심이 깊은 사람임을 보여주는 아름다운 문장, 스트로부스소나무(스트로부잣나무)pinus strobus에 관한 이야기를 현재로 끌어오는 박력 있는 내용, 더없이 훌륭한 마지막 장에서 나무를 선박으로, 숲을 대양으로 들려주는 뜻밖의 이야기는 거의 알려지지 않은 내용이다.

문화인류학자 리처드 넬슨Richard K. Nelson이 말했듯이, 어떤 장소가 특별한 까닭은 단순히 지리적인 위치 때문이 아니라 그곳이 각자의 마음속에 간직되는 방식 때문이다. 이 책에서는 주로 콩코드 지역을 다루지만, 반드시 콩코드 숲이어야 할 까닭은 없다. 소로와 히긴스가 콩코드에서 나무를 보듯, 독자는 자신이 있는 곳에서 나무를 보면 된다.

존 뮤어John Muir[*]는 에머슨Ralph Waldo Emerson[**]의 책 여백에 다음과 같이 썼다. '어떤 나무든 소나무 두 그루 사이에는 새로운 삶의 방식으로 이어지는 문이 있다.' 리처드 히긴스와 그의 친구 헨리 데이비드 소로가 그곳의 문지기인 셈이다. 그 문으로 들어오라. 나무가 소로에게 말을 걸고, 그는 나무의 언어를 터득했다. 바로 그 나무가 리처드 히긴스에게도 말을 걸었다. 그들이 우리에게도 말을 건넬 것이다.

로버트 리처드슨Robert D. Richardson[***]

---

[*] 스코틀랜드에서 태어나 미국으로 이주해 활동한 환경 운동가 겸 작가. 환경보호 단체 '시에라클럽'의 회장을 맡았다.

[**] 미국의 사상가이자 시인. 《자연론》《위인론》 등을 썼다.

[***] 미국의 역사학자, 전기 작가. 《헨리 소로》《에머슨》 등을 썼다.

나무의 언어로 말하기

헨리 데이비드 소로는 나무에 매혹된 사람이다. 나무는 그의 작가적 창의성과 자연주의자로서 연구와 철학적 사유는 물론, 삶의 내면에 중요한 역할을 했다. 소로는 나무에 정서적으로 감응하기도 했지만, 숲 속 나무의 삶에 누구보다 정통했다. 그는 《소로의 메인 숲The Maine Woods》에 '무릇 시인이란 소나무를 공중에 비친 자기인 듯 사랑하는 사람'이라고 썼는데, 이는 자신의 이야기다. 말하자면 소로는 나무의 언어로 말했다.

소로는 무엇 때문에 그토록 나무에 끌렸을까? 나무의 아름답고 다양한 형태가 그의 눈을 즐겁게 하고, 나무의 야생성이 그의 심금을 울린 모양이다. 소로는 나무의 끈기를 보며 산등성이 너머로 저무는 태양을 뒤쫓기보다 지금 있는 자리에 머무르면 머지않아 새벽을 따라잡을 수 있으리란 걸 다시금 깨달았다. 그는 콩코드에 뿌리내리고 삶을 이어감으로써 나무가 끈질기게 대지를 붙든 모습을 고스란히 닮아갔다.

소로는 1836년부터 1861년까지 사반세기 동안 나무에 대해 수많은 글을 쏟아냈다. 그는 나무를 관찰하고 나무에 대해 잘 알고 조목조목 기술하지만, 감히 나무를 완벽하게 설명하려고 들지 않았다. 자신을 넘어서는 길을 가리키는 나무의 신비로운 특성을 존중했다. 소로에게 나무는 성스러움을 증언하는 증인이며, 그의 글 곳곳에 드러나듯이 신성함을 나타내는 특별한 상징이자 이미지다.

소로의 일기와 에세이, 책에 실린 나무에 관한 묘사와 스케치, 명상은 기발함과 정확함을 두루 보여준다. 1891년에 영국의 자연주의자 앤더슨 그레이엄P. Anderson Graham이 소로는 '퇴색되지 않은 빛으로 눈부신 숲의 색채를 지켜내는' 재주가 보통이 아니라고 썼듯이, 지금 봐도 생생함이 넘친다. 그런 소로의 글이 담긴 이 책은 소로가 어떻게 나무를 바라봤으며, 나무가 그에게 어떤 의미였는지 전해준다. 이 책은 나무를 향한 소로의 개인적이고 창의적인 응답인 셈이다. 나무를 느끼는 그의 명민한 지각력, 나무가 그에게 전한 기쁨, 나무에서 그가 발견한 시적 감흥, 나무가 그의 영혼을 살찌운 과정을 엿볼 수 있다.

이 책은 소로가 나무에 감응하는 다섯 가지 방식을 먼저 살펴보고(1~5장), 그다음으로 독특하고 주목할 만한 나무나 특정 수목군에 소로가 어떻게 감응했는지 살펴보는(6~10장) 내용으로 구성되었다.

각 장에 실린 나무에 관한 소로의 글은 200만 단어, 14권 분량에 이르는 일기와 짧은 에세이에서 발췌했다. 아무렇게나 휘갈긴 글씨로 쓴 일기는 점차 소로의 진정한 걸작으로 평가되지만, 아직 독자에게 잘 알려지지 않았다. 일기는 소로의 솔직하고 자연스러운 글이며, 자연에 대한 '연애편지'로 불려 마땅하다. 이 책에 담긴 발췌문 100개에는 내가 콩코드를 비롯해 다른 여러 곳에서 찍은 나무 사진 72장을 곁들였다. 한 세기 전 소로의 세계를 시각적 기록으로 구현한 허버트 웬델 글리슨의 사진이 소로의 글을 이해하는 데 도움을 주며, 소로가 직접 그린 스케치 16점도 삽화로 쓰여 내용을 설명해준다.

소로는 1817년에 자신이 태어난 시골 농장 마을인 콩코드 숲과 들판의 나무를 소년 시절부터 좋아했다. 다섯 살 때 가족과 처음 월든 호수로 소풍을 갔는데, 그때 호수 근처의 나무를 보고 본능적으로 친밀감을 느꼈다고 썼다. '내 영혼이 그 달콤한 고독을 너무나 일찍 체득한 것 같다.' '소나무 사이에서 누리는 이 휴식이 곧바로 마음에 들었다. …마치 고독이 자신에게 딱 맞는 놀이방을 찾은 듯했다.' 소로는 주로 나무의 변화에 대해 썼다. '이제는 나무에 열매가 맺기 시작한다.' 열한 살 때 학교에서 사계절에 관한 에세이를 썼다. 대학생 때는 공부하는 데 쓸 시간을 콩코드 숲을 어슬렁대며 보냈다고 고백했다.

나무와 맺은 유대 관계는 절대 깨지지 않았다. 소로는 한가로운 산책자이자 시인이며 측량사이자 자연주의자로서 나무를 사랑했고, 성인이 되어 평생 나무에 관한 글을 썼다. 1850년대에는 나무를 심층적으로 연구하기 시작했다. 1860년에는 생활이 나무를 중심으로 돌아갔다. 그는 전문적인 임학 분야에서 간과한 나무의 생장과 수명, 번식 방법, 숲에서 번성하는 과정을 관찰했고, 이런 연구는 당시 기준으로 수십 년은 앞섰다.

소로는 1860년에 일어난 두 가지 사건 때문에 나무에 더 깊은 관심을 보였다. 그해 9월, 소로는 〈뉴욕트리뷴New-York Tribune〉에 〈숲 나무들의 천이遷移 The Succession of Forest Trees〉를 게재했다. 이 원고는 그의 생애에 가장 많이 출간된 에세이다. 이 글의 성공으로 부쩍 힘을 얻은 소로는 나무 연구에 더욱 심혈을 기울였다. 10월에는 콩코드 삼림의 수령을 조사해, 그곳에는 노목이 전혀 없다는 결론을 내렸다. 11월에는 박스버러 Boxborough 근처의 참나무 원시림인 인체스 숲Inches Woods을 발견하고 깜짝 놀랐다. 소로는 그해 가을이 끝날 무렵까지 여러

---

* 같은 장소에서 시간의 흐름에 따라 진행되는 식물 군집의 변화.

날 동안 죽은 나무나 쓰러진 나무의 몸통 혹은 그루터기의 나이테를 셌다. 그는 나무의 역사를 알려주는 단서를 찾기 위해 새순이 나는 그루터기가 드러나도록 뿌리 부근을 파냈다.

비가 오고 날이 추운 12월 3일에도 히커리*의 나이테를 세다가 감기에 걸려 몸 상태가 급격히 나빠졌다. 그 바람에 18일간 일기장이 비었는데, 그 기간에 '가을 빛깔Autumnal Tints'에 대해 강연을 하려고 눈보라를 뚫고 코네티컷 워터베리Waterbury로 향했다. 감기는 기관지염이 되었다가 결국 결핵으로 악화되고 말았다. 소로는 1862년 5월 6일에 세상을 떠났다. 그가 생애 마지막 몇 달을 바쳐 수정한 〈가을 빛깔〉은 가을에 자연이 맞이하는 죽음에 관한 뛰어난 명상록이다. 그가 남긴 말년의 다른 저작에도 나무가 등장한다. 오래된 사과나무에게 바치는 송시 〈야생 사과Wild Apples〉와 미처 끝내지 못한 《씨앗의 희망The Dispersion of Seeds》이 이에 해당한다.

소로의 일생은 뉴잉글랜드**의 삼림 벌채가 절정에 달한 시기와 겹친다. 1850년까지 습지대, 접근 불가능한 삼림, 경작

---

* 가래나뭇과 카리아속에 드는 낙엽교목을 통틀어 이르는 말. 연한 갈색 재목이 무겁고 단단하고 질겨서 가구재, 차량재, 운동구 따위로 쓰인다. 북아메리카가 원산지다.
** 메인, 뉴햄프셔, 버몬트, 매사추세츠, 로드아일랜드, 코네티컷 등 6개 주를 포함한 미국 동북부 지역.

에 부적합한 토지를 제외한 콩코드 지역에서 나무가 대거 잘렸다. '내게 감탄을 안겨주던 친숙한 큰 나무란 나무는 전부 하나둘 목재소로 실려 갔다.' 소로는 1855년 12월 3일 일기에 썼다. '단언컨대 나는 마을의 거리를 떠난 예전 동네 사람들에게 느끼는 똑같은 심정으로 그 나무들을 그리워한다.' 그 상실감은 소로를 노엽게 했다. '아이고 고마워라. 저들이 구름은 없애버리지 못할 테니!' 월든 호수 근처의 숲이 장작용으로 어마어마하게 벌채될 때 그가 쓴 글이다. 소로는 생태학과 심리학 측면에서 수목의 가치를 알았으므로 나무를 잃는 상실감을 한층 더 뼈저리게 느꼈다. 나무는 '대기에서 흘러와 대지로' 흘러드는 '풍성한 수액의 물결'이고, 인간 정신에 없어서는 안 될 존재이기도 했다. 그는 '자연이 만든 이 도시, 숲이 없다면 인간의 삶은 어찌되겠는가?' 하고 물었다. 숲에서 '인류를 버티게 해주는 보약과 보호대'가 나온다. 그는 〈산책Walking〉에서 '한 성읍이 구원을 받는 것은 그 안에 있는 의인들' 덕분이기도 하지만, 그보다 그곳을 둘러싼 숲과 습지 덕분'이라고 썼다.

　나무에 관한 소로의 식견은 오늘날에도 우리에게 울림을 준다. 실로 놀라운 선견지명이다. 그는 〈산책〉에 모든 나무가 '야

---

* 구약성경 〈창세기〉 18장에서 소돔을 멸하려는 하느님에게 롯이 의인이 있으면 멸하시지 않겠느냐 묻자, 하느님이 그리하겠다고 답한다.

생의 땅을 찾아 잔뿌리를 뻗어내며', 이 야생 안에서 '세상이 보존된다'고 썼다. 현대에 지구온난화를 줄이는 데 도움이 되는 '이산화탄소 흡수계'로 나무를 이해하는 면을 보더라도 소로의 혜안은 천리안 같다. 소로는 '배양목nurse log*'이란 용어가 삼림 생태학에서 흔히 쓰이기도 전에, 한 세기나 앞서 소나무가 그 주변에 뿌리를 내리는 참나무 묘목의 '보호목'이라고 말했다. 그리고 나무를 물의 원천이자 공기정화기라고 묘사했다.

그는 '생태학'이라는 용어를 사용하지 않았지만, 숲이 공적 경계와 사적 경계를 초월하는 풍경이라 보고 그런 상태로 보존되어야 한다고 강조했다. 현대 독일 삼림학자 겸 작가 페터 볼레벤Peter Wohlleben이 나무가 균류에 의한 '사회적 네트워크'를 통해 신호를 주고받는다는 의견을 내놓았는데,** 소로는 거기까지 생각이 미치지 못했지만 나무가 소통할 수도 있다는 것은 직관적으로 알았다. 그는 나무 안에서 수액이 흐르기 시작했음을 감지하고, 1859년 3월 10일 일기에 다음과 같이 썼다. '우리의 감각이 더 세심하게 감지하도록 나무가 촉수를 내밀어준 것처럼 보인다니 그야말로 다정하기 그지없는 자연 아닌가.' 소

---

* 쓰러진 뒤 썩어서 다른 나무의 생장을 돕는 나무. 어린 묘목에 양분과 수분을 공급한다.

** 《나무 수업The Hidden Life of Trees》을 쓴 볼레벤은 나무가 공동체적인 존재이며, 자원을 공유하기 위해 신호를 사용하고, 습도나 기온의 변화 혹은 위협에 대해 서로 경고한다고 말한다. ―엮은이

로는 주변의 나무가 쉴 새 없이 잘려 나갔지만, '언젠가 나무가 심기고 자연이 어느 정도 복원될 것'이라고 예견했다.

하지만 그의 시대는 여전히 벌목꾼이 주도권을 쥐고 설칠 때였다. 소로는 숲을 수많은 판때기로 치환하는 저급한 계산법에 저항하기 위해 작가로서 재능을 발휘했다. 그는 나무가 없다면 자연이 소멸할 테고, 인간의 삶도 같은 수순을 밟으리라는 것을 알았다. 으레 하던 소박한 수사법으로 그가 말하길, 나무는 '판자나 지붕널보다 다른 것에 적합하다'고 했다. 나무는 '더 고상한 쓰임새를 위해 서 있다가 썩어가게' 놔둬야 하는 법이다.

소로는 〈산책〉에서 늦은 6월, 언덕에 있는 키 큰 스트로부스소나무에 기어오른 일을 자세히 들려준다. 우듬지*에서 '하늘을 올려다보는, 아주 작고 우아한 원추형 붉은 꽃 몇 송이'를 발견했다. 그는 꽃 한 송이를 갖고 내려와 마을에 다니며 길을 가다 만나는 사람들에게 보여주었다. 재판소에 있는 사람, 농부, 재목상, 벌목꾼 등. '그런 걸 본 적이 없는 사람들은 떨어진 별을 본 것처럼 경이로워했다. 먼 옛날 건축가들은 눈에 잘 보이는 기둥 아래쪽만큼이나 꼭대기도 완벽하게 마무리했음을 알려주는구나! … 스트로부스소나무는 오랜 세월 여름마다 제

* 나무의 꼭대기 줄기.

일 높은 우듬지에 우아한 꽃을 피워왔건만… 땅에 있는 농부든 사냥꾼이든 좀처럼 그 꽃을 본 적이 없다.'

소로는 태어난 지 200년이 지나서도 우리가 나무를 새로운 방식으로 보게 도와준다. 계절마다 나무가 변하는 과정이나 가지를 뻗는 모습, 든든하게 위로가 되는 존재감, 잠깐 머무는 아름다움. 이런 것은 우리가 소로의 눈을 통해 나무를 볼 때 더 깊은 의미가 있다. 나무는 소로에게 무언의 시고, 그가 나무에게 듣는 메시지는 하나의 삶이다. 나무에 관한 소로의 글은 우리에게 영향을 미치는 나무의 힘을 여실히 보여준다.

Part 01

나
무
를

보
다

헨리 데이비드 소로는 매일같이 콩코드 숲과 들판을 거닐며 나무의 모양과 색깔, 나뭇결, 서 있는 모습을 관찰했다. 나무를 측정하고 스케치하고 나무의 표정을 읽어내고 성격을 가늠했다. 그의 눈에 나무 전체—뿌리, 줄기, 껍질, 가지, 수관樹冠*, 잎, 꽃, 열매—가 고스란히 담겼다. 나무에 대한 소로의 심오한 사색과 시적 이미지는 자연주의자이며 측량사이자 시인으로서 그가 나무를 관찰하고 나무에 정통한 데서 비롯된다.

소로는 콩코드 지역의 다양한 나무를 꿰고 있었다. 나무마다 제각각인 모양을 세세히 좇노라면 소로의 눈은 지겨울 틈이 없었다. 너무 왜소하거나 흔해 빠져서 감탄할 거리나 찬찬히 뜯어볼 구석이 없다고 밀어둘 나무는 없었다. 썩어가는 통나무와 마른 잎도 그의 시선을 사로잡았다. 그는 참나무 중에 가장 작은, 끝이 짧고 빳빳한 털 같은 잎이 달린, 베어 오크bear oak라고도 하는 관목참나무shrub oak를 좋아했다.**

비가 오는 날이면 지의류를 몇 시간이고 꼼꼼히 살폈다. 습한 공기는 두 가지 면에서 소로를 거들었다. 습기 덕에 지의류가 있는 범위가 넓어지고 지의류의 색깔이 밝아져서 나무껍질에 대비돼 눈에 잘 띄는가 하면, 어차피 먼 곳은 잘 보이지 않아 가까이 있는 물체를 볼 수

---

* 가지와 잎이 무성한 부분.
** 소로는 제일 작은 이 참나무를 일기에서 200여 번 언급한다. −엮은이

밖에 없었다.

그의 친구이자 멘토인 에머슨은 소로가 매일 나무를 보러 산책을 나갈 때마다 만반의 준비를 했다고 기억한다. 그는 '밀짚모자를 쓰고 튼튼한 신발을 신고 역시나 튼튼한 회색 바지를 입었다. 관목참나무와 청미래덩굴과 용감히 맞서기 위해, 매 둥지를 찾으러 나무에 오르기 위해서 말이다'. 소로는 연필과 일기장, 칼, 끈을 챙겼고 식물을 끼워 넣으려고 오래된 음악 책도 갖고 다녔다.

소로가 세세한 부분까지 살펴보는 것은 단순한 관찰 이상의 의미가 있었다. 그것은 일종의 명상 행위이기도 했다. 소로는 모든 감각을 동원해 나무를 관찰했다. 어린 가지를 뚝 부러뜨려 껍질 냄새를 맡았다. 봄에는 흑자작나무 껍질과 히커리 싹의 향기에 취했다. 겨울에는 활엽수가 끙끙대고 삑삑대는 소리와 숲에서 나는 바람의 포효를 들었다. 지의류를 조금씩 뜯어 먹고 어느 게 가장 맛이 좋은지 소견을 밝히기도 했다. 그는 석이石耳, *Umbilicaria*와 아이슬란드이끼*Cetraria islandica*를 좋아했다. 단풍나무 수액으로 설탕을 만들고, 네 가지 자작나무 껍질로 맥주도 만들었다.

소로는 사계절이 지나는 동안 변하는 숲의 색조를 추적했다. 시간에 따라 변하는 색조는 마치 하늘을 가로질러 줄무늬를 만드는 혜성 같았다. 그는 특히 9월 중순에 촉각을 곤두세우고 '주위에 있는 녹색 제복 차림의 삼림 거주자 연대를 위해 주홍빛 깃발을 하늘 높이 받쳐

든' 그해 첫 꽃단풍을 고대했다. 그는 나무가 점점 더 진한 갈색에 가까워지는 과정을 예의 주시했다.

소로는 화가처럼 색감에 애정이 있었다. 미묘한 색조를 묘사하기 위해 공들였고, 영어로는 자기가 쓸 만한 용어가 부족해 속상해했다. '무한대로 다양한 빛깔과 색조를 제대로 묘사하기란 불가능하다. 언어로 표현할 적당한 이름이 전혀 없다'며 불만을 토로했다. '서로 다른 스무 가지 색에 재미없게 똑같은 용어를 갖다 붙이는 수밖에 없다.' 그런데도 우리는 그가 나무에 대해 쓴 글에서 이런 불만의 낌새를 전혀 눈치채지 못한다.

나무 관찰은 소로가 어쩌다 한 번씩 하는 일이 아니었다. 그는 다각도로 나무를 살펴봤다. 가까이 가서 보기도 하고, 멀리 물러나서 보기도 했다. 소로에게 나무의 아름다움을 보는 것은 비단 눈의 문제가 아니었다. 대다수 사람들은 눈앞에 나무가 있어도 그 아름다움을 보지 못한다. 영혼 없는 눈으로는 나무를 볼 수 없다. 우리가 어떤 대상을 향해 나아갈 때 아름다움은 우리 마음에 달린 법이다.

하늘을 배경으로
우뚝 선 나무

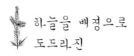

하늘을 배경으로 도드라진

정오를 반 시간쯤 지났을 때, 호수 어귀에서 흐뭇하게 강줄기를 위아래로 훑어봤다. 날이 따뜻한데도 공기는 참 청명했다. 고개를 모로 하고 물가에서 800미터쯤 떨어진 숲을 바라보자, 갑자기 숲이 수평선 아래로 가라앉아 족히 3킬로미터 넘게 사라졌다. 공기가 무척 깨끗해서 저마다 모양새가 빼어나게 독특한 줄기와 가지가 하나하나 보이는 것 같았다. 나무의 쫓뾰한 꼭대기가 하늘을 배경으로 한껏 도드라지게 솟아 섬세하게 나뉜 모습에 감탄을 금할 수가 없었다. 냇물 상류를 볼 때도 같은 심정이었다. 리 절벽Lee's cliff 아래 하늘을 향해 솟은 히커리 나목도 보면 볼수록 흥미롭고 아름다운 모양이 된다. 요즘 내가 머무는 곳이 어딘가 생각한다. 분명 나는 여기 다시 오겠지.

보기 좋은 배열

소로의 스케치

나이 많은 흰자작나무 서너 그루가 호수나 초원 가장자리에 옹기종기 모인 모습을 심심찮게 본다. 흰자작나무가 무리로 있을 때 흔히 나타나는 보기 좋은 배열 방식과, 서로 공간을 만들어주고 시각적으로 기분 좋은 인상을 주려고 퍼져 있는 방식을 보며 감탄했다. 세 군데에서 거의 똑같은 모습으로 정렬된 모습을 본 것 같다.

금글을 단
자작나무

　매섭게 추운 1853년 1월 어느 날, 소로는 자신이 이스터브룩스 컨트리Easterbrooks Country라고 부르는 숲에 갔을 때 예전에 콩코드에서 본 적 있는 어마어마하게 큰 황자작나무를 만나서 잔뜩 흥분했다. 섬세한 금빛 나무껍질은 당시 캘리포니아를 열광케 한 금보다 큰 감동을 선사했다. 그는 콩코드의 코로나도Coronado* 라도 된 양 자신이 찾아낸 것을 명명하려고 일종의 말(言)로 된 깃발을 꽂은 셈이다.

～ 1853년 1월 4일 ～

소로가 그린
큰 황자작나무

　마을에서 북쪽에 있는 허바드의 집 근처 황자작나무 습지에 갔다. …새롭고 진귀한 나무 곁에 있자니 기분이 참 좋았다! 이만큼 멋들어진 나무를 찾기는 어렵다. 특이하게도 모양과 달큰한 체커베리 향이 흑자작나무와 닮았고, 벗겨지고 술이 달린 나무껍질은 백자작나무와 비슷하다. 꼭대기는 흑자작나무처럼 솔 같은 질감에, 나무껍질은 절묘하게 섬

* 스페인의 탐험가. 미국 남서부를 발견했다.

세하고 우아한 금빛을 띠었다. 몸통 부분에서 껍질이 일부 둥글게 말려 떨어졌는데, 마치 대패가 나무를 따라 위로 쓱 밀린 것처럼 수직으로 말끔하고 매끈한 공간이 있다.

이 나무들이 펼쳐 보이는 풍경은 캘리포니아의 황금보다 감동적이다. 한 그루를 측정해보니 바닥에서 183센티미터 높이의 둘레가 158센티미터였다. 자작나무는 은빛이나 금빛이다. 금빛 곱슬머리를 한 황자작나무는 얼굴색이 까무잡잡하고 머리칼이 아마 빛인 흑자작나무의 자매 같다. 습지의 흙을 얼마나 야무지게 움켜쥐고 버티고 섰는지! 이 어두컴컴한 습지의 불그스름한 모래 위로 포도주 빛 시냇물이 흐른다. 이 나무는 알몸이나 다름없는 상태고. 아, 언젠가 이 나무가 전부 사라질 때가 오겠지. 원시의 나무 사이에서. 어떤 나무의 요정이 이들에게 붙어 다닐까? 금발의 님프겠지.

하늘에다
벼락 쏘기

소로는 친구 마이넛 프랫Minot Pratt의 집 앞에서 콩코드의 명물인 프랫 느릅나무의 진짜 모습을 발견했다. 1700년쯤에 심은 느릅나무는 절반 정도가 결혼 선물이었다. 소로가 살던 때 느릅나무는 시선을 사로잡는 외관과 수령 때문에 유명세를 떨쳤다. 농부 프랫은 브룩팜 Brook Farm* 실험 운동이 벌어진 1840년대에 살았고, 종종 자기 농장에서 초월주의자 동지들을 접대했다. 루이자 메이 올컷Louisa May Alcott**이 기억하는 어느 모임 날에는 사람들이 늙은 느릅나무에서 뻗어 나온 인상적인 나뭇가지 아래 모여 옥수수 껍질을 벗겼다. 그 느릅나무는 키가 26미터, 가슴 높이의 둘레가 5미터에 달했다.

수목 재배가 로린 데임Lorin Dame은 1890년에 프랫 느릅나무가 뉴잉글랜드 마을의 느릅나무에서 볼 수 있는 전형적인 모양이 아니고 대칭성도 없다고 썼다. 거대한 가지가 나무 몸통 아래로 늘어지기 시작했고, 더욱 각이 져서 사방으로 퍼져 나가는 모양새였다. 데임은 이 느릅나무가 보스턴 코먼Boston Common*** 에 있는 훨씬 유명한 보스턴 느릅나무 못지않게 강고한 모양이며, '유명한 콩코드 지역에서 역사적

* 19세기 중반 미국에서 시도된 유토피아적 사회주의 농촌 공동체. 초월주의자들이 관여했다.
** 《작은 아씨들》을 쓴 미국 작가.
*** 1634년 매사추세츠주 보스턴에 조성된 공원으로, 미국에서 가장 오래되었다.

보스턴 느릅나무. 1876년에 쓰러졌다.

1899년 허버트 웬델 글리슨이 카메라로 포착한 이 나무의 위풍당당한 자태는
소로가 표현한 그 모습이다.

명물로 꼽히기에 전혀 손색이 없다'고 평했다.

소로는 1853년 1월 4일에 잎이 떨어진 그 나무를 보았다. 황자작나무를 발견한 뒤 프랫의 집에 방문했을 때다. 그는 느릅나무의 명성은 안중에도 없고, 나무의 육중하고 검은 가지가 내뿜는 강렬한 면모에 모든 관심을 집중했다. 가지는 소로에게 마치 벼락처럼 보였다. 그런데 나무가 벼락을 맞는다기보다 하늘을 향해 '거뭇한 식물성 벼락'을 쏘아댔다. 소로는 짧은 일기에 인상적인 스케치를 곁들였다.

∽ 1853년 1월 4일 ∾

 덩치가 어마어마하고 가지가 많은 프랫네 느릅나무는 하늘을 향해 쏘는 거대한 벼락처럼 가지를 뻗었다. 뻗대는 하늘에 거뭇한 식물성 벼락을 돌려보낸다. 마치 번갯불 경로를 따라 역류하는 모양새다.

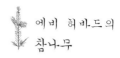

에비 허바드의
참나무

　　소로는 당당하고 강인한 참나무를 사랑했다. 참나무는 그야말로
'나무의 제왕'이다. 나이 든 참나무는 '지상에 비범한 품위를' 선사했
다. 소로는 1852년 1월 22일, '에비 허바드의 참나무와 브리스터 언덕
에 있는 소나무를 보는 게 참 좋다'고 썼고, 석 달이 지난 4월 16일에
는 그 나무의 몸통에 대해 설명했다.

～ 1852년 4월 16일 ～

참나무의 몸통은 어찌나 각양각색인지!
얼마나 강인해 보이는지! 허바드 숲 뒤에
서 불굴의 강인함을 보여주는 나무에는
북쪽을 향해 불룩 솟은 두둑과 갈라진
틈이 있다. … 폭풍우에 억세게 맞선 상징
이리라.

소로가 스케치한
'멋들어진' 흑참나무

기운찬
백참나무

소로가 웨스트콩코드의 더비Derby 철교 근처에 있는 기운찬 백참
나무를 감상하느라 발걸음을 멈췄다. 그는 이 나무의 놀라운 강인함
이 불행의 단초가 되지 않을까 염려했는데, 우려가 적중했다. 2년 뒤
에 쓴 일기를 보면 소로가 별다른 설명 없이 남긴 내용이 나온다. '더
비 철교 근처의 그 기운찬 백참나무가 베였다.'

∽ 1852년 4월 19일 ∾

더비 철교 근처의 그 참나무는 어느 쪽에서나 눈에 들어오는
웅장한 물체다. 당당한 운동선수처럼 서서는 사방에서 오는
폭풍우에도 아랑곳 않는다. 허약한 구석이 없다. 힘의 극치다.
가지는 하늘에 뿌리는 잿빛 번개를 형상화한 듯하다. 하지만
선박 목재용으로, 대서양의 큰 파도에 맞서는 선박 옆면의 안
정성을 높이는 곡재曲材용으로 그 튼튼한 몸통과 뿌리에 값을
매기는 게 염려된다. 그 나무는 운동선수처럼 잘 발달한 근육
을 뽐낸다.

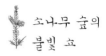 소나무 숲의
불빛 쇼

초원이 온통 술렁인다. …남서쪽인지 서쪽인지 1.6킬로미터쯤
떨어진 데서 늘어선 스트로부스소나무가 한 그루든, 숲 전체
든 유난히 관심을 끌었다. 좌우 대칭 형태에 모든 가지가 마치
양치류 잎이나 깃털처럼 뚜렷한 나무도 보이고, 고운 은색 불
빛이 솔잎에 비쳐 끊임없이 움직이는 광경도 보였다. (이 거리에
서 봐도 소나무는 선과 색감이 아름다울 뿐 아니라, 약간 판판
하고 잎이 많은 큰 가지들이 규칙적으로 이어진 모양 혹은 잎맥
모양이나 잘고 길게 갈라진 작은 잎처럼 겹겹이 얇은 조각이 되
는 단계를 보여준다―나무의 선도 매력적이지만 이렇게 세세
한 부분이 풍성하고 대칭을 이루는 점이 그 이상으로 매력적이
다.) 나무가 강풍에 깃털처럼 휘어지고 굽이칠 때마다 나무 모
습이 거뭇했다 밝아졌다 하는 게 보였다. 서늘한 광택을 비추
는 솔잎 표면이 움츠러졌다가 특정한 각도로 돌아오기를 반복
해서 그렇다. 나무 밑동에서 위쪽으로 빛이 끊임없이 번쩍이는
것 같았다. 번쩍이는 사이사이 나무가 통째로 시야에서 멀어지
는 듯할 때가 많았다. 넓은 소나무 숲 꼭대기 위쪽으로 선뜩한

전기 불빛이 아무런 해코지도 않고 줄기차게 공중으로 날아갔다. 처음에는 미세한 물보라가 위로 튀기는 줄 알았는데, 넓게 빛나는 창백하고 차가운 빛에 가까웠다.

장담컨대 소나무 숲이 그토록 표정이 풍부하고 말을 많이 하는 장면은 다른 어디서도 볼 수가 없으리라. 땅이 굽이치는 산마루에서 이렇게 빛이 반사되는 광경은 전류가 어른거리며 번쩍이는 것 같다. 어떤 낙엽수도 이런 화려한 빛의 효과를 선보이지 못한다. … 간단히 말해 소나무의 키를 넘겨 저 위쪽에서 빛이 번뜩이는 모습이 보인다. 곡식이 굽이치는 들판에서 보이는 장면과 비슷하지만 훨씬 더 웅장한 효과가 난다.

기울어진
솔송나무

소로는 키 큰 솔송나무가 마치 강물에 이끌리듯 강 위로 기울어진 어새벳 강변의 가파른 둑을 좋아했다.

~ 1852년 4월 1일 ~

물 위로 뻗은 솔송나무와 강물 사이에는 뭐라 설명할 수 없는 조화로움이 있다. 특히 1년 내내 푸르른 솔송나무의 초록빛이 최고로 좋다. 푸른 잎을 물 위에 드리워 그늘을 만드는 겨울 솔송나무는 모든 강변 숲의 아름다움을 대표한다. 솔송나무는 발치를 물 가까이 두고 뿌리가 물가의 바위를 타고 넘어가는 걸 좋아한다. 시내 맞은편에 있는 솔송나무 두어 그루는 물가의 풍경화를 담은 가장 아름다운 액자를 대신한다. 빛이 어둑하여 그리 눈부시지 않은 낙엽수림에서 특히 그렇다.

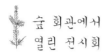

숲 회관에서
열린 전시회

소로는 안개가 자욱한 날이면 시야가 제한되어 가까이 있는 사물만 보이기 때문에 관찰력이 더 좋아진다고 말했다. 습한 공기로 인해 지의류도 생겨나고, 나무껍질에 헝겊 조각처럼 붙은 이 다채로운 생명체가 쉽게 눈에 띄었다.

～ 1851년 12월 31일 ～

숲에 나지막이 안개가 깔려 지의류를 관찰하기 좋은 날이다. 시야가 워낙 제한되어 가까이 있는 사물에 주목할 수밖에 없는 데다, 허연 배경은 납작한 원형을 이룬 지의류가 뚜렷이 드러나게 한다. 지의류는 더 느슨하게 늘어져 범위가 넓어지고, 반반하게 쫙 퍼진 것처럼 보이며, 색깔은 습기 때문에 더 밝아진다. 스트로부스소나무에 붙은 초록빛 도는 노란색 둥근 지의류가 안개를 뚫고 어렴풋이 보였다.

…마치 방패 같은 지의류는 기꺼이 그 도안을 읽어내고 싶게 생겼다. 나무마다 온갖 지의류와 이끼 더미로 한꺼번에 뒤덮인 듯하다. 납작하고 축축한 지의류와 이끼는 습기를 머금고 잔뜩 팽창했다. 안개 속에서는 이런 것들만 보인다. …곧추선 것

처럼 보이는 지의류와 이끼는 이제 처음으로 완전히 팽창한 상태에 도달했다. 자연은 자신이 창조한 피조물이 저마다 누릴 날을 선사한다. 오늘은 숲 회관에서 지의류 전시회가 열린 날이다. 시퍼런 것도 있고, 열매 같은 게 달린 것도 있다. 이 녀석들이 아예 나무를 뒤덮는다.

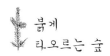

붉게
타오르는 숲

나는 지금 우리 동네 남서쪽 절벽에 앉아 있다. 동쪽과 남쪽 링컨 숲이 저무는 햇빛을 받아 한결 환해진다. 숲 전체에 아주 고르게 퍼진 진홍참나무는 예전에 내가 생각한 것보다 빛나는 붉은빛을 발산한다. 심지어 지평선에 이르기까지 모든 진홍참나무가 붉게 도드라진다. 그중 덩치 큰 녀석들은 옆 동네 숲 위로 마치 꽃잎이 무수히 달린 거대한 장미 꽃밭 같은 붉은 등판을 높이 치켜든다. 동쪽 파인 힐에 있는 작은 스트로부스소나무 숲에는 유독 호리호리한 것도 간간이 보인다. …붉은 옷을 입은 병사들이 초록색 옷을 입은 사냥꾼에게 둘러싸인 듯하다. 이번에는 밝은 황록색도 보인다.

해가 저물기 전에는 숲 군대에 붉은 제복을 입은 군인이 그렇게 많은 줄 몰랐다. 그들의 제복은 강렬히 타오르는 붉은빛인데, 그들을 향해 발걸음을 내디딜 때마다 강렬함이 조금씩 사라지는 것 같다. 잎사귀 속에 잠복한 그늘은 이 거리에선 자기 소재를 보고하지 않는다. 그들은 만장일치로 붉을 뿐이다. 반사된 빛깔의 초점은 멀리 이쪽의 대기 중에 있다. 나무 한 그루 한 그루가 그 자체로 붉은빛의 중심이 된다. 저물어가는 태양과 더불어 색이 진해지고 빛이 난다.

얼마간 빌려 온 이 불길은 우리 눈을 향해 날아오는 햇빛에서 강렬함을 모아 만든 것이기도 하다. 활력을 회복하는 지점이랄까, 아니면 불을 지피는 지점에서 비교적 흐릿한 붉은 잎이 조금 있을 뿐인데 점점 강렬한 주홍색이나 붉은색 안개 혹은 불길이 된다. 불길은 바로 그 주변에서 스스로 연료를 찾아낸다. 붉은 기운이 참으로 원기 왕성하다. 이 계절, 이 시각에는 울타리도 장밋빛 불빛을 반사한다. 그 어느 때보다 붉디붉은 나무를 보는 시절이다.

〈가을 빛깔〉

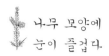

나무 모양에
눈이 즐겁다

아름답고 고요하고 따스한 달빛을 머금은 저녁. 아직 완전히 차지 않은 달님. 딥 컷Deep Cut 근처 숲으로 향하다가 눈이 즐거워졌다. 푸른빛을 배경 삼아 높이 솟은 갖가지 나무에, 나무에 달려 밝게 빛나는 램프처럼 소나무 사이로 보이는 별에, 소나무 꼭대기에서 전해지는 살짝 희미하고 어렴풋한 아름다움에, 참나무가 뿜어내는 곱게 갈라진 물보라에, 쌓인 눈 위에 어리는 이 모든 것의 그림자에…. 이 무수한 그림자가 하얀 바닥을 얼룩덜룩 물들이고, 빛이 비친 부분을 한층 밝아 보이게 한다. 이파리 절반을 잃은 이 어린 참나무의 그림자를 보면, 땅에 비친 잎사귀의 그림자는 마치 샹들리에 그림자인 양 원래 모습보다 아름답다. 눈 위에 떨어진 낙엽인 듯 미동도 없다. 하지만 나무를 흔들면 모든 것이 살아 움직인다.

완벽한 액자

소로가 보기에 나무가 만든 액자 모양이 강이든, 호수든 물을 더 아름답게 만들었다. 그는 물가에 있는 나무 아래서, 나무 사이로 월든 호수를 보곤 했다.

～ 1853년 11월 6일 ～

물 이편에서 보기에 상당한 거리가 있지만, 흩어졌거나 듬성듬성 잎이 없는 나무를 전경에 두고 그 사이사이로 보이는 강이나 호수는 참으로 멋지다. 물가에 나무나 작은 섬도 없이 탁 트인 물이면 더욱 그렇다. 모든 액자 중에 단연 가장 완벽하고 아름답다. 하지만 스케치하는 사람은 보통 이 틀을 슬쩍 없애 버린다. 이 액자는 멀리 보이는 물을 향해 우리가 앞으로 달려가는 동안 가까이 있는 수풀을 통해 보이고, 무수히 많은 자잘한 풍경으로 보이는, 꽤 빽빽한 전경을 뜻한다. 숲과 물이 친밀하게 어우러져 기대감을 높인다. 이 풍경은 가까이서 탁 트인 시야로는 좀처럼 실감하기 힘들다. 어떤 부분은 감춰지는 게 더 좋다. 상상의 나래를 펴서 찾아갈 수 있으니까.

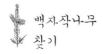
백자작나무
찾기

아벨 마이넛Abel Minot의 집 너머 길가에 있는 백자작나무를 봤다. 분필처럼 흰 가지 덕에 150미터쯤 떨어진 데서도 나무를 알아봤다. 다른 자작나무에 비해 얼룩 없이 더 깨끗하고 투명하고 분홍빛이 도는 흰색을 띠는 것 같고, 하얀 가지가 상당히 많다. 가지가 축 늘어지거나 아래로 말리지 않는다. 머지않아 나무껍질이 둥글게 말려서 늘어지긴 하겠다. 자작나무는 가지가 가늘고, 정수리 부분이 뒤엉킨 경우가 많다. 내가 본 백자작나무는 더 벌어지고 자유분방하게 자랐다. 멀리서 꼭대기 부근이 흰 가지 두어 개로 갈라지는 게 보이면 백자작나무인 줄 알면 된다.

목재가 흙으로 변한 뒤 원래 그 나무가 어디서 자랐는지 알 수 있는 근거는 아직 남은 작은 나무껍질 조각이다─이 조각은 금세 분열된다. 보통 자작나무는 이끼로 많이 덮이고, 비교적 천천히 자라며, 가지가 더 많다. 메인주에 사는 사람이 성경을 자작나무 껍질에 필사했다는 소문을 들었다.

기다리는
숲

　가을이 지나 겨울로 접어들면서 소로는 숨죽인 채 관망하는 야윈 숲의 면모에 대해 곰곰이 생각했다.

～ 1850년 11월 8일 ～

한 해 중 이 계절에 주목할 만한 것은 숲과 들판에 서린 정적이다. 귀뚜라미 귀뚤귀뚤 우는 소리 하나 안 들린다. 바싹 마른 관목참나무 잎이 수두룩한데 바삭거리는 소리 하나 없다. 우리가 숨을 쉬면 잎이 바스락거릴 수 있겠지만, 하늘이 숨을 쉰들 충분치 않다. 나무들이 겨울을 기다리는 몸가짐을 보인다. 가을을 맞은 잎사귀는 제 색깔을 잃었다. 이제는 정말로 시들어 말랐고, 숲은 칙칙한 색을 띤다. 여름도, 추수철도 끝났다. 히커리와 자작나무, 밤나무도 단풍나무 못지않게 잎을 잃었다. 벌목꾼이 해를 끼친 부분을 회복하기 위해 더없이 힘차게 솟아오른 새싹은 겨울을 맞으려고 일손을 뚝 멈췄다. 모든 것이 고요하게 기다릴 뿐.

조림지[*]
관찰

~ 1860년 10월 16일 ~

20년이 넘은 참나무 조림지를 멀리서 관찰한다. 수령이 25~30
년 된 리기다소나무가 숲 남쪽 면을 따라 너비 7.5미터쯤으로
좁다랗고 빽빽하게 가장자리를 이룬다. 일직선인 이 남쪽 면은
길이가 150~200미터로, 그 옆에는 탁 트인 목초지가 있다. 참
나무 조림지 생김새가 특이하다. 참나무 숲은 폭이 넓고 그 안
에 소나무가 전혀 없는 반면, 좁은 가장자리는 완벽한 일직선
을 이루며 소나무가 빽빽하다. 이 계절에 여기가 더욱 눈에 띄
는 까닭이 참나무는 온통 울긋불긋한데, 소나무는 죄다 초록
빛이기 때문이다.

나는 조림지에 다다르기 전에 그 내력을 금세 이해하고 파악한
다. 내가 예상한 대로 참나무와 소나무를 가르는 울타리가 보
인다. 소유주가 다른 모양이다. 그리고 예상한 대로 지금 참
나무가 있는 곳에 18~20년 전에 있던 리기다소나무가 베였음

---

[*] 나무를 심거나 씨를 뿌리는 등 인위적인 방법으로 숲을 이룬 땅. 농장의 일부로, 개인이 관리
하는 숲이다.

을 알았다. 오래된 그루터기가 남아서다. 소나무가 잘리기 전에 씨앗이 이웃 들판으로 날아갔고, 작은 소나무가 가장자리를 따라 솟아났다. 워낙 빽빽하게, 빨리 자라는 바람에 그 이웃이 나무를 파내거나 자르기를 그만두었다. 딱 이만큼, 7.5미터 정도 폭으로 소나무가 가장 무성하다. 게다가 이 소나무 사이에 이렇다 할 참나무가 섞이지 않았지만, 늘 그렇듯이 이 좁다란 구역의 둘레는 높이 30센티미터가 채 안 되는 참나무 묘목이 들어찼다.

나는 궁금하다. 그 이웃이 이 좁은 가장자리 나무가 그냥 자라게 두는 경우가 부지기수라면, 그와 똑같은 논리로 자기 밭 전체에 두루 자라게 놔두지 않는 이유는 뭔가? 그렇게 자란 것을 보면 진작 그러지 않은 것을 두고두고 후회하지 않을까? … 우리의 숲과 운명에 더 관여해보는 건 어떨까? … 삼림 기하학forest geometry에서 풀어야 할 이런 문제가 참 많다.

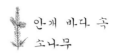

안개 바다 속
소나무

소로는 월든 숲에서 안개 속으로 슬며시 사라지고 나타나는 소나무를 보며, 대기와 우리의 마음 상태에 따라 견고한 세상이 꿈과 환영으로 바뀔 수도 있다는 생각을 했다.

～ 1850년 11월 29일 ～

절벽에서 봤을 때 안개의 바다에 있는 소나무는 현실에서 상상으로 넘어가는 모든 단계의 변화를 보여준다. 가까이 있는 것은 더 선명하고, 멀리 있는 것은 더 희미해지다가 결국 저 멀리서 그림자 같은 솔방울 하나에 지나지 않는다. 그럼 이 견고한 소나무 숲은 무엇이 되는가? …우리가 앞으로 나아갈수록 나무는 점점 안개 속에서 나와 우리 눈앞에서 형태를 갖춘다. 우리는 자신의 꿈을 떠올린다. 삶이 마치 꿈처럼 보인다. 환상을볼 준비가 되었다. 이제 일몰 직전 밤바람이 계곡을 통해 더 많은 안개를 불어 넣어 나무에 덮인 베일이 두꺼워지고, 밤의 어둠은 일찍 부리나케 모여든다. 새들이 길을 잃는다.

겨울의 월든 호수

Part 02

나무를 느끼다

소로는 고집이 세고, 쉽게 발끈하며, 까다로운 사람이다. 그는 청교도를 엄격하고 가까이하기 어려운 부류라고 비웃었지만, 정작 자신은 청교도보다 더했다. 부당한 처사와 인간의 어리석음에 분개한 그는 히브리인 선지자처럼 경멸의 말을 잔뜩 쏟아내기도 했다. 소로는 간혹 울적함에도 시달렸다.

우리가 모르는 소로의 이면은 나무를 통해 드러났다. 그의 마음에 사내아이가 느끼는 즐거움을 일깨워준 것도 나무다. 소로는 숲에서 '이루 말할 수 없는 행복'을 발견했다. 지의류는 그의 기운을 북돋우고, 산에서 보이는 나무는 그의 흥을 돋웠다.

가을의 수목은 유난히 그의 마음을 들뜨게 했다. 나무가 보여주는 풍성한 색채가 소로에게 전하는 말은 '기쁨과 환희처럼 서로 닮은 감정을 표현하면서' 삶의 평범한 일상에 한 번씩 제동을 걸어줘야 하고, 우리의 '기운이 자연의 기운만큼 충천해야 한다'는 의미였다.

소로는 작가로서 역량을 발휘할 때 신중을 기했다. 차분하게 잘 조절된 글을 쓰고, 지면에 감정을 지나치게 드러내지 않도록 자신을 타일렀다. 1852년 1월 26일에 다음과 같이 썼다. '자연은 결코 감탄사를 남발하지 않는다. 우와! 혹은 아! 하고 외치는 법이 없다. 자연은 담백한 작가다. 몸짓은 거의 사용하지 않고, 동사에 뭘 보태지 않으며, 부사도 거의 안 쓰는데다, 덧붙이는 어구는 아예 없다. 나는 내 문장의 설득력에 사실상 아무것도 더하지 못하는 강조를 한답시고 많은 단어를 쓴다는 걸 깨달았다. 이런 것을 없애는 순간 내 문장은 안도하

는 것 같다.'

소로는 일상적인 글을 쓸 때 자신의 생각 사이사이에 일반적인 구두점보다 줄표(—)를 사용했다. 그래서 그의 글이 신선하면서도 자연스러워 보인다. 1906년판 일기를 작업한 편집자들은 그의 산문을 표준에 맞추려고 줄표를 감탄부호로 바꾼 경우가 많았다.

소로는 나무와 직접 연결되었다고 느끼기도 했다. 그는 나무와 자신을 동일시했다. 월든 호수 근처에서 살아보기로 하고 한 달쯤 되었을 때 소로는 외로움에 시달렸고, 다른 사람들과 교제하지 않으며 견뎌낼 수 있을지 확신하지 못했다. 그러다 주변에 '마음이 맞는 뭔가'가 있음을 감지하면서 기분이 달라졌다. '조그만 솔잎 하나하나가 넘치는 연민으로 마음을 활짝 열고 내 친구가 돼주었다.'

나무는 소로가 당시에 '울적함'이라 불린 감정이나 우울함과 끊임없이 싸울 때, 힘을 주고 희망을 굳건히 다지게 해준 강건하고 유쾌한 협력자다. 어떤 환경에서든 아래부터 밀고 올라와 빛을 향해 몸을 기울여 무성하게 자라는 나무가 소생과 끈기의 본보기다. 1842년 1월에 소로의 사랑하는 형 존이 파상풍에 걸려 그의 품에서 숨을 거뒀다. 2주 뒤에는 에머슨의 다섯 살짜리 아들이자 소로와도 가깝게 지낸 월도가 성홍열로 죽었다. 큰 충격을 받은 소로는 우울증에 빠졌다. 현명하게도 에머슨이 소로에게 《다이얼The Dial》*에 실을 자연사 책 몇 권의 서평을 부탁하자, 소로는 자연 연구에 몰두했다. 1842년 7월에《다이얼》이 소로의 서평을 게재했다. 우리에게 〈매사추세츠의 자연사The Natural History of Massachusetts〉로 알려진 에세이다.

소로는 일기에 '숲도 대지도 흙도 다른 모든 것도 기쁨을 위해 존재한다'고 썼다. 나무는 그에게 기쁨을 전해주는 통로다. '톱과 법'을 장착한 벌목꾼과 조림지 소유주는 인간이 숲 속에서 얼마나 즐거울 수 있는지 몰랐다는 내용이 1853년 1월 3일 일기에 나온다. 청교도적인 구석이 있는 점을 감안하면, 신기하게도 소로는 자연에서 머리부터 발끝까지 즐겁다고—'완전한 기쁨'으로 즐거워질 수 있다고 말했다.

소로에게 나무는 1842년 《다이얼》에 실은 에세이 내용을 계속 되새기게 해준 존재다. '단언컨대 기쁨은 삶의 조건이다.'

---

* 1840년부터 1929년까지 미국에서 발행된 잡지. 1840~1844년에는 초월주의자의 가장 중요한 출판물 역할을 했다.

나무의
마음

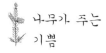 나무가 주는
기쁨

나무가 보여주는 수많은 섬세한 끝 부분과 꼭대기가 내게 기쁨을 준다. 예리하게 솟은 그것은 대지를 정복하기 위해 행군하는 군대의 깃털 장식이자 깃발이자 총검이다. 나무는 줄기 위쪽은 물론 창공을 향해서도 수려함을 뿜어낸다. 나무는 판자와 지붕널보다 다른 것에 적합하다.

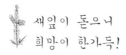 새잎이 돋으니
희망이 한가득!

5월의 폭풍우가 지나가고 이제 해가 났다. 새로운 세상이 이 얼마나 눈부신가! 생생함과 애정 어린 언약과 향내가 얼마나 충만한가! 숲에 새잎이 난다. 뇌리에 남을 계절이다. 희망이 가득하다. 이 어린잎 안에 아름다운 꽃이 있다. 관목참나무는 이제 막 꽃을 피운다. …멀리서도 어린 자작나무 이파리 냄새가 나던가? 대개 나무는 잎이 날 때 아름다운데, 특히 자작나무가 그렇다. 이 계절의 폭풍이 지나가고 해가 나면서 점점 커지는 연한 이파리가 환히 빛을 발하고, 자연은 온통 빛과 향기로 가득하다. 새들은 쉴 새 없이 노래하고 대지는 요정의 나라가 된다. 자작나무 잎은 워낙 작아서 나무 사이로 풍경을 훤히 보여주고, 햇살을 받으면 마치 은빛 나는 녹색 스팽글처럼 나무에서 팔랑인다.

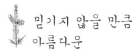

믿기지 않을 만큼 아름다운

참꽃단풍*Acer rubrum*이 점점 무르익어간다. …800미터쯤 떨어진 초원에서도 작은 참꽃단풍 한 그루가 숲 언저리 초록색과 대조되어 눈에 띈다. 여름에 만개하는 어떤 나무의 꽃보다 훨씬 눈부시게 붉고 한층 도드라진다….

아직 생생한 초록빛을 띤 다른 단풍나무나 상록수를 배경으로 아주 선명한 주홍색을 보여주는 참꽃단풍 몇 그루는 수풀 전체가 머잖아 보여줄 모습보다 인상적이다. 나무 한 그루가 마치 숙성한 과즙이 가득한 거대한 주홍색 열매 같고, 제일 낮은 데 있는 큰 가지부터 맨 꼭대기 가는 줄기까지 잎사귀 하나하나 전부 새빨갛게 타오를 때, 특히 태양을 마주하고 그 광경을 보면 얼마나 아름다운가! 그 풍경 속에서 어떤 것이 그보다 눈길을 사로잡을 수 있을까? 수 킬로미터 떨어진 데서도 보이고, 믿기지 않을 만큼 아름답다. 이런 현상이 한 번만 일어난다면 전통으로 후손에게 전해지고 마침내 신화의 영역으로 들어설 것이다.

동료보다 먼저 물든 나무 한 그루는 독보적인 우위를 차지하고, 때로는 한두 주 동안 군계일학의 위치를 유지한다. 주위에 있는 녹색 제복 차림의 삼림 거주자 연대를 위해 주홍빛 깃발을 하늘 높이 받쳐 든 자태를 보면 전율을 느낀다. 나는 그 나무를 살펴보려고 가던 길에서 일부러 800미터쯤 벗어나서 간다. 이렇게 나무 한 그루가 풀이 무성한 골짜기에서 궁극의 아름다움을 품은 존재가 되면 주변 숲 전체의 표정에 당장 생기가 솟구친다.

〈가을 빛깔〉

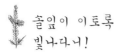
솔잎이 이토록
빛나다니!

   햇빛을 받은 페어헤이븐 절벽 아래 광활한 소나무 숲을 보면 소
로는 신이 나서 어쩔 줄 몰랐다.

～ 1858년 3월 18일 ～

아! 홀덴 숲과 서쪽 지역을 내려다보노라니 솔잎이 어찌나 반
짝이던지! 세 그루 중 한 그루꼴로 더없이 은은하면서 맑고 영
묘한 빛이 났다. 마치 겨울 아침에 핀 우아한 서리꽃이 온기 없
이 오로지 빛을 내는 것처럼. 그 빛은 세찬 바람에 흔들리고 일
렁일 때면 심지어 1~2킬로미터 밖에서도 밀밭 위로 물결칠 때처
럼 위아래로 요동쳤다. 마치 베틀 북이 밝은 씨줄과 어두운 날
줄을 엮으며 밝은색 직물—자연이 걸칠 만한 봄 상품—을 짤
때 숲 위로 드리워지는 베틀처럼 솔잎이 빛과 어둠을 번갈아 넘
나든다. 이 광경을 보노라면 나의 영혼은 빛을 받은 나무 같다.

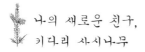

나의 새로운 친구,
키 다 리 사 시 나 무

소로는 10월에 붉은색, 초록색, 갈색 숲에서 유독 눈에 띄는 키가
큰 노란색 사시나무를 발견했다. 나무 형태와 색깔을 보고 이틀 전에
가까이에서 본 나무라는 걸 알았다. 그 사연을 다음과 같이 회상한다.

1858년 10월 31일

지난번에 숲 속을 한두 시간 걷고 나서 키가 큰 사시나무 밑동
에 다다랐는데, 예전에 본 나무인지 기억나지 않지만 그 나무
는 옆 동네 숲 한복판에서 여전히 무성한 잎을 달고 초록빛 도
는 노란색으로 변했다. 같은 종류 나무 중에 내가 아는 가장
큰 나무지 싶다.

내가 그 나무를 만난 건 순전히 우연이다. 혹시 그 나무를 찾
으라고 나를 보낸 거라면, 건초 더미에서 바늘 찾기나 마찬가
지라고 생각할 만하다. 그 나무는 여름내 그리고 오랜 세월 우
연히 스칠 뿐, 내게 모습을 감췄다. 그런데 진홍참나무를 본 바
로 그 언덕 꼭대기를 향해 다른 길로 걸어가던 중, 근처 수 킬
로미터에 걸쳐 눈에 들어오는 다른 모든 나무가 불그레하거나
초록색인 가운데, 일몰 직전 시선을 돌렸다가 노란색 때문에

나의 새로운 친구를 알아봤다. 그 색깔이 곧 그 나무의 명성이며, 결국에는 고독한 무명의 세월 속에 살아온 보상이리라. 노란 사시나무는 사방의 풍경 속에 단연 돋보이며, 모두의 이목을 끄는 대상이다. 숲 속 합창단에서 제 역할을 다하는 나무이기도 하다.

나무 역시 나를 알아보고 몇 걸음쯤 기꺼이 나를 마중 나온 듯하다. 이제 순조로이 맺어진 이 교우 관계가 영원히 이어지리라는 믿음이 든다.

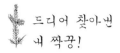
드디어 찾아낸
내 짝꿍!

　　베어 오크로 더 잘 알려진 튼튼한 관목참나무는 다른 나무의 잎
이 시들었어도 여전히 무성하고 생기 넘쳐 늦가을에 소로의 기운을 북
돋웠다. 그는 이 자그마한 나무를 자신의 강인한 면모를 담아내는 상
징으로 여겼다.

～ 1856년 12월 1일 ～

관목참나무 잎사귀의 사랑스럽고 건강해 보이는 색깔이 참으
로 깨끗하고 또렷하다. 시들지 않아 일종의 불멸성을 띠고, 백
참나무 잎처럼 쭈글쭈글하거나 얇지 않으며, 땅에 가까워질수
록 나뭇결이 촘촘히 살아 있고 포동포동하다. 한쪽 면은 무두
질이 잘된 가죽처럼 색 중의 색, 담갈색을 띤다. 암소와 사슴의
색. 은빛 나는 솜털로 덮인 밑면은 최근에 바랜 황갈색 들판처
럼 변했다.

…내가 사랑하는 관목참나무를 껴안아줄 수도 있을 것 같다.
눈 위로 삐죽 올라온 빈약한 나뭇잎 옷을 걸치고 낮은 소리로
내게 속삭이는 이 나무는 겨울의 사색과 일몰과 세상의 모든 미
덕을 닮았다. 산토끼와 자고새가 찾는 은신처를 나도 찾는다.

…관목참나무는 강철처럼 단단하고 대기처럼 깨끗하며, 미덕처럼 강건하고, 아가씨처럼 순수하고 사랑스럽다. 그 나무를 알아가고 사랑할수록 나는 자고새처럼 건강하게 자연과 어우러진다. 오늘 오후에 어느 관목을 향한 간절함이 솟구쳤다. 드디어 내 짝꿍을 찾았다. 나는 관목참나무와 사랑에 빠졌노라.

관목참나무 잎

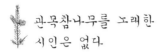

관목참나무를 노래한 시인은 없다

∽ 1856년 12월 19일 ∽

시든 나뭇잎이라니! 이건 봄여름의 즙 많은 생채가 아니라 검
소한 겨울 식단이다. '마른 잎'에 관한 강의 원고를 쓸 수도 있
을 것 같다. 겨우내 끈질기게 버티는 종의 표본을 하나씩 챙겨
강의실로 와서 강의 표제로 삼는 것이다. 마른 잎은 다소 부질
없게 오랫동안 매달렸으면서 아직 자기네 시인을 찾지 못했다.
소나무는 노래의 대상이 되었지만, 내가 알기로 관목참나무는
아직 아니다.

사람들은 대부분 관목참나무가 쓸모없다고 생각한다. 그 나
무가 천하게 쓰이지 않아 나는 정말 기쁘다. 나무꾼의 손수레
에 실린 걸 본 적이 없다. 묘목 지대를 방금 구입한 주민이 관목
참나무만 움튼 것을 보고 악담을 퍼붓는다. 하지만 그 나무는
사람들이 생각하는 것보다 훨씬 훌륭한 역할을 한다.

관목참나무여! 어찌나 안성맞춤인 이름인지! 우선 어떤 가문에
속하는지 생각해보라. 그 형제가 바로 나무의 제왕이자 덩치만
더 큰 참나무 아닌가. 웅장함과 그림 같은 위용으로 유명하고,
내구력 때문에 건축업자에게 소중하게 대접받고, 이음재나 들

보로 중요한 참나무 말이다. 크기가 좀 작은 참나무이자 참나무계의 에스키모종이다—떨기나무 같은 참나무여! 참나무 같은 떨기나무여! 나는 이 나무가 고귀한 가문에 속해서 높이 평가한다. 잘 부러지는 층층나무나 독성이 있어 주의해서 만져야 하는 옻나무와 다르다. 거칠거칠해도 만지기에 안전하다. 곪아 터지는 염증을 일으키지 않되, 긁히고 찢긴 자국이 제대로 남을 뿐.

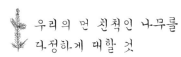

우리의 먼 친척인 나무를 다정하게 대할 것

〜 1855년 10월 23일 〜

이제 한창 밤이 나는 철이다. 나무를 돌로 치면 머리와 어깨 위로 밤이 우수수 떨어진다. 내가 돌을 쓴 일에 달리 변명할 여지가 없다. 우리에게 양식을 주는 나무를 함부로 다루는 것은 비난받을 만한 처사. '내가 이렇게 나무의 수명을 단축해서 행여 그 열매를 오래도록 맛보지 못하면 어쩌나' 생각하느라 불안한 게 아니다. 순전히 인간성이라는 동기에 힘입어 더 순수한 방향으로 마음이 끌린다.

나는 나무와 교감하는 사람이라면서도, 마치 살인을 저지를 여지가 없진 않고 싹수가 별로인 도둑처럼 나무 몸통을 큰 돌로 쳤다. 두 번 다시 그래선 안 된다고 다짐한다. 나무가 주는 선물은 고마운 마음으로, 겸손하고 감사하게 받아 마땅하다. …상스럽다는 말로도 부족하다. 우리에게 양식과 그늘을 주는 나무에게 불필요한 상처를 주는 건 범죄다. 늙은 나무는 우리의 부모이며, 어쩌면 우리 부모의 부모이기도 하다. 자연의 신비를 아는 사람은 다른 사람보다 인정을 베풀어야 한다. 내가 직접 나무에 해를 끼쳐 도둑질했다는 생각은 들지 않았지만, 감각이 있는 존재―나보다 감각이 무딘 게 사실이지만 그래도 먼 친척뻘 되는 존재―를 돌로 친 듯한 기분이 들었다. 나무를 베어 넘어뜨리고 열매에 달려드는 인간을 보라! 그런 행동에서 무슨 도덕을 찾겠나.

콩코드 월든 가 앞마당에 있는 접시형 안테나

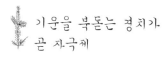

기운을 북돋는 경치가
곧 자극제

예비군 훈련을 하든 군대를 소집하든, 어깨띠와 깃발로 칭송을
하든, 해마다 10월이 보여주는 장관을 100분의 1도 동네로 불
러들일 수 없을 것이다. 우리는 그저 나무를 심거나 가만히 놔
두면 된다. 그러면 자연은 우리가 느릅나무 개선문 아래를 걸
어가는 동안 채색된 휘장—자연에 속한 모든 나라의 깃발, 식
물학자들이 거의 읽어내지 못할 은밀한 신호가 있는 깃발—을
찾아낼 것이다.

인근 주州와 같거나 말거나 자연이 날을 지정하게 두라. 사제
가 자연의 선언서를 낭독하게 하라. 혹시 내용을 이해할 수 있
다면 말이다. 자연의 인동덩굴 깃발은 참으로 눈부신 휘장이구
나! …마을 안에 계절을 보여주는 이런 나무가 없다면 그 마
을은 완성체가 아니다. 나무는 읍내 시계탑처럼 중요한 존재
다. 나무가 없는 마을은 제대로 돌아가지 않는다는 걸 깨닫겠
지. 나사가 풀리고 꼭 필요한 부품이 없는 형국이다.

…마을에는 울적함과 미신을 멀리하기 위해 기운을 북돋는 눈
부신 경치라는 이 순수한 자극제가 필요하다. 두 마을을 보
자. 나무로 빽빽이 둘러싸여 10월의 온갖 찬란한 아름다움으
로 눈부시게 불타오르는 마을과 나무라곤 없는 하찮은 황무

지나 자살용 나무만 달랑 한두 그루 있는 다른 마을을. 장담컨대 두 번째 마을에는 결핍투성이에 고집불통인 광신도와 만사 될 대로 되라는 술꾼들이 있을 것이다. 빨래 통과 우유 통과 묘비가 휑하니 있을 것이고. 주민은 마치 바위 사이사이 몸을 숨긴 사막의 아랍인처럼 자기 헛간과 집 안으로 돌연 자취를 감출 테고, 나는 그들의 손에 창이라도 있는지 확인하기 위해 제대로 살펴야 한다. 그들은 가장 빈약하고 절망적인 신조—세상이 서둘러 종말을 향해 다가간다거나 이미 종말에 이르렀다거나 그들이 방향을 영 잘못 잡았다는 것—를 받아들일 준비를 할 것이다.

〈가을 빛깔〉

1809년에 지은 낸터컷Nantucket 교회
꼭대기에 있는 마을 시계

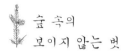 숲 속의
보이지 않는 벗

소로는 아무리 음산한 날 숲 속에 혼자 있어도 친구와 함께 있는
느낌을 받았다.

~ 1857년 1월 7일 ~

길거리나 사람들 틈에서 나는 거의 언제나 비천하고 허송세월
하는 존재다. 내 삶은 의미라고 할 게 없다. 아무리 재물이 많
고 품위 있게 행동한들, 주지사나 국회의원과 정찬을 함께한들
조금도 만회될 리가 없다. 하지만 홀로 저 멀리 떨어진 숲이나
들판에서, 허세 부리지 않는 묘목 지대나 토끼가 길을 낸 초원
에서, 심지어 마을 사람이 주막이나 떠올릴 음울하고 을씨년스
러운 날이면 나는 나로 돌아온다. 당당한 나 자신으로 돌아왔
음을 다시 한 번 느낀다. 추위와 고독이 내 친구 같다. 나의 경
우에 이런 가치는 다른 사람들이 예배에 출석하고 기도해서 얻
는 것에 맞먹는다. 내가 홀로 숲 속 산책에 나서면 향수병이 제
집으로 돌아간다. … 위엄 있고 차분한 어떤 친구, 눈에 보이지
않지만 한없이 격려가 되는 벗을 그런 숲에서 어김없이 만나 함
께 거닌 것만 같다.

Part 03

시
인
의 나
무

이례적으로 추웠던 1851~1852년 겨울, 월든 호수 근처 나무가 장작용으로 가혹하게 베여 나갔다. 소로가 어릴 적부터 봐온 그 울창한 호숫가 나무가 심하게 훼손된 것이다. 이를 보고 소로는 《월든》에 '지금부터 나의 시신詩神이 침묵을 지킨다 해도 용서받을 것이다. 숲이 베여 넘어가는데 어떻게 새들이 노래하길 기대하겠는가?'라고 썼다.

소로의 에세이 〈가을 빛깔〉은 시적 이미지로 빛난다. 그는 뉴잉글랜드의 여러 마을에 있는 단풍나무가 설교자로는 핼쑥한 성직자보다 차라리 낫다고 썼다. 단풍나무는 가을마다 불타듯 강렬한 설교를 하고, 단풍이 절정에 달할 때 비탈에 '불타는 덤불'이 된다. 그때는 수줍음이 제일 많은 단풍나무까지 자기 존재를 알린다.

소로는 무릇 시인이라면 그래야 한다고 말했듯이 때때로 벌목꾼이 다니는 길을 여행했다. 그가 숲에 간 이유는 목재를 얻으려는 게 아니라 비유적인 언어의 원천을 찾기 위해서다. 나무에서 끌어내는 은유와 직유와 재담이 필요했다. 그는 항해용 선박을 뜻하는 barque의 다른 철자 bark*를 이용하기도 했다. 그에게 '제대로 된 bark'가 있다면 우듬지를 가로질러 항해했을 것이다.

소로는 의견을 개진하거나 다소 긴 생각을 표현하기 위해 나무에 빗대는 정교한 은유법을 썼다. 콩코드 지역 농부들은 1850년대에 농

---

* '나무껍질'이라는 뜻.

장을 버리고 떠나며 조림지는 현금을 받고 팔아 치웠다. 나무가 사라지자 소로는 슬퍼했다. 이내 그는 '예전 콩코드'에서 아무것도 남지 않고, 자기 같은 측량사가 측량할 때 도움을 받던 오래된 경계 구역 나무조차 없어질까 두려워졌다. 그가 일렀듯이 이런 '경계목'은 충분히 특색 있고 알아보기 쉬워서, 땅을 구별하는 데 쓰일 수 있었다. 그는 이 훌륭한 나무를 떠올리고 싶은 사람은 이제 도시의 부동산 감정사 서랍에서 먼지 덮인 예전 증서—'받들어지던 오래된 경계목이 언급되

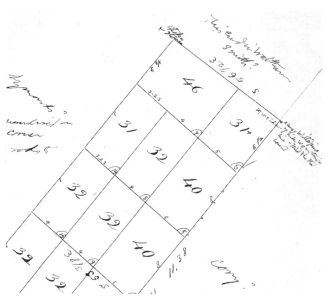

소로는 1853년 측량도에 '경계목'을 언급했다. 31구역 오른쪽에 '서쪽으로 7링크(약 1.4미터) 직선거리에 큰 스트로부스소나무 한 그루'라고 기록했다.

는 한낱 종잇장 증거'—를 봐야 할 것이라고 생각했다. 그래서 소로는 직접 농부들에게 나무를 살려달라고 호소했다. '바라건대 농부들이여, 오래된 숲을 예전 증서(행적)*에 나온 대로 지켜주시오. 역사를 위해, 지역의 모습을 보여주는 표본으로 숲을 지켜주시오.' 이와 같이 경계목은 토지 증서에 사용되었을 뿐만 아니라, 이전 시대의 고귀한 행적을 불러내기도 한다.

이런 시적인 산문은 소로에게 언어유희 이상이다. 그는 나무 자체가 시라고 믿었다. '수사와 상징의 소재'로 자연이 풍경에 커다랗게 적어낸 운문이다. 그는 7월에 주변 공기를 달콤하게 채운 참피나무 꽃 주위에서 벌이 윙윙댈 때 '나무가 시로 충만하다'고 썼다.

소로는 하버드대학의 자연사학과 신임 교수로 임명되었을 때, 최고의 참나무 표본이 매사추세츠 일대에서 잘려 나가는 마당에 참나무에 관해 강의하도록 사람을 고용하는 것은 말도 안 된다고 일갈했다. '그건 마치 라틴어와 그리스어로 인쇄된 책을 불태우면서 그 언어를 아이들에게 가르치는 것과 다름없다'고 썼다.

소로는 글을 쓰면서 나무에 깊이 매료돼 나무가 정말 단어가 적힌 물리적 매체라고 상상할 때가 많았다. 어떤 경우에는 나무를 책,

---

* deed라는 단어를 써서 중의적으로 표현했다.

편지, 시, 기도문, 신화적인 명판, 두루마리, 설교, 비문으로 묘사했다. '삼림지대의 소리 같은 뭔가가 나뭇잎 성서를 통해 메아리쳐 들릴 것이다.' 솔새의 '산뜻하고 힘 있는 울음소리'를 들으면 서둘러 '책장을 많이 넘기게' 마련이라고 덧붙였다.

소로는 하버드대학 도서관에 갈 때 지나치게 '꼼꼼'하고 꽉 막힌 도서관원 때문에 짜증이 났다. 그가 읽고 싶은 자연사 관련 서적 열람을 제한했기 때문이다. 소로는 도시의 어두침침하고 먼지투성이인 대리석 건물보다 차라리 숲의 도서관에 그런 책을 보관하는 편이 낫다고 생각했다. 이런 기발한 생각이 얼토당토않은 건 아니다. 그는 1850년부터 살던 메인 가의 '노란 집'에 강에서 떠내려온 나무를 주워 책장과 책꽂이를 만들었다. 그를 잘 아는 이웃 프랭클린 샌본Franklin Sanborn에 따르면, 소로의 집 3층에 책장이 여러 개 있었다. 거기 소로의 책과 인디언 화살촉, 박물 공예품, '줄줄이 늘어선 그의 일기'가 있었다.

소로의 말은 나중에 나무의 일부를 장식했다. 그가 세상을 떠나고 6년이 지난 1868년, 여동생 소피아가 소로의 시 〈페어헤이븐Fair Haven〉을 히커리 잎에 공들여 적었다. 히커리는 잎이 다섯 장인데, 소피아는 나뭇잎 한 장에 한 연씩 검은색 잉크로 4연을 적었다. 소로의 초기작이고 가족이 좋아한 이 시는 페어헤이븐 내포內浦 너머 그늘이 드리운 언덕을 노래했다. 시는 다음과 같이 마무리된다.

나의 돛단배가 폭풍우에 요동치며

모든 희망이 물결에 휩쓸리어

이 노쇠한 선체에 새는 곳이라도 생기면

나는 그대, 페어헤이븐을 향해 배를 몰고 가리

마지막으로 기나긴 휴식을 취하는 사이

나의 무덤에서 고요히 잠드나니

그대 따스한 페이헤이븐 잔디보다

나의 가슴을 다정히 덮어줄 건 무에런가

셰익스피어 작품의 올랜도*가 나무에 소네트를 걸어둔 것처럼, 소로는 나무를 자신의 책으로 삼았다. 그의 말장난은 난해하지만 의도가 있다. 소로는 사람들이 나무를 목재나 연료, 농사의 걸림돌 말고 다른 것으로 볼 수 없게 만드는 눈가리개를 없애고 싶어 했다.

소로는 나무에 대한 독자의 인식에 자극을 주고 새로운 시각을 부여하고자, 자신이 그렇듯 남들도 나무를 자연의 모든 아름다운 것을 소중히 보호하는 기적의 산물로 볼 수 있도록 시적 재능을 사용했다.

---

* 《뜻대로 하세요》에 등장하는 로잘린드의 연인.

숲에서 하는
말놀이 Woodplay

* '말장난'을 뜻하는 wordplay로 한 말장난.

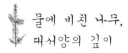 물에 비친 나무,
대서양의 깊이

거울 같은 수면이 어린 가지와 풀잎을 하나하나 참으로 성실하게 비춰준다. 오직 자연이 그토록 자신을 한껏 드러낼 수 있을 테니, 감히 예술로는 모방하기 어려울 만큼 충실하게 비춰주는 그 수면을 우리가 탄 배로 어지럽히려면 어느 정도 무례해질 필요가 있다. 야트막하고 잔잔한 물인데 깊이를 헤아릴 수 없다. 나무와 하늘이 비치는 곳이면 어디든 대서양보다 깊으니 좌초할 위험이 없다. 그저 강바닥을 보는 데서 나아가 물에 비친 나무와 하늘까지 보려면 다른 의도를 품은 눈, 다시 말해 더 자유롭고 추상화된 시각이 필요했음을 깨닫는다. 모든 사물은 다양한 각도에서 시선을 받으며, 가장 불투명한 것마저 자기 표면에 하늘을 비춘다. 사람들이 자연스레 자기 시선을 두려는 대상은 저마다 다른 법이다.

《소로의 강A Week on the Concord and Merrimack Rivers》

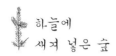

하늘에
새겨 넣은 숲

나는 수년간 식욕이 하도 왕성해서 겨울 지평선이 배경으로 보이는 소나무 숲 가장자리를―뜯어―먹고 살았다. 여전히 나의 식사는 어찌나 돈이 적게 드는지! … 회색 무스*처럼 이리저리 돌아다니며 높이 솟아오르는 나무 꼭대기를 쳐다보았고, 그것을 내 상상력의 양식으로 삼았다―저 멀리 나무꾼의 도끼 때문에 불안에 떨지 않는 상상 속의 나무들이, 가까이 더 가까이에는 숲 언저리와 나의 속눈썹이 보인다. 하늘을 배경으로 줄지어 도드라진 저 숲 말고 내가 얻은 수액, 열매, 가치를 어디에서 찾겠는가. 저 숲 속에 내가 일군 숲이 있다. 은빛 솔잎이 햇빛을 곱게 걸러내는 나의 숲이.

---

* 유럽에서 엘크라고 하는 말코손바닥사슴.

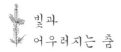

빛과
어우러지는 춤

소로가 말하길, 진홍참나무 잎은 떨어지기 전에 점점 얇아지고
더욱 우아해질 뿐 아니라 색을 덧입으며 더 많은 빛을 반사한다. 그
나뭇잎은 빛 속에서 물성物性을 벗어버리는 것처럼 보여 물질적 존재
의 문제를 해결한다.

가리비 모양에서 사이사이 깊이 파인 정도가 덜한 다른 참나무
잎에 비해 진홍참나무 잎은 훨씬 더 영묘하다. 잎이 차지하는
면적이 워낙 좁아서 나뭇잎이 빛 속으로 녹아 없어지는 것처럼

보이고, 우리 시야를 거의 가로막지 않는다. 다른 참나무의 잎은 더 단순하고 윤곽선이 둔하다. 그런데 노목에 높이 매달린 잎은 잎이 우거져서 생기는 문제를 해결했다. 높이 올라갈수록 더욱더 고상해지면서 흙 기운은 털어버리고, 해가 갈수록 빛과 더 친밀해진다. 마침내 잎은 땅의 물질을 최소한으로 간직하고 하늘의 힘을 최대한 고르게 받아 움켜쥔다. 거기서 잎은 빛과 함께 팔짱을 끼고 춤춘다. 발끝으로 서는 환상적인 자세로 경쾌하게 스텝을 밟으며 천상의 무도장에서 파트너와 합을 맞춘다. 나뭇잎은 빛과 너무나 스스럼없이 어우러지는데다 몸매가 날렵하고 표면이 반들반들해서, 결국에는 그 춤사위 속에 무엇이 잎이고 무엇이 빛인지 분간할 길이 없다.

〈가을 빛깔〉

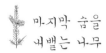
마지막 숨을
내뱉는 나무

◦◦◦ 1850년 6월 4일 ◦◦◦

오늘 불길이—마치 야생마가 콧김을 내뿜으며—포효하듯 탁
탁대고 타올라 불과 싸우는데, 이따금 소리가 들려왔다. 이를
테면 숨을 거두는 나무가 뱉어내는 죽음의 선율, 최후의 한숨,
고통에 몸부림치는 미세하고 분명한 날카로운 비명이다. 아마
도 뜨거워진 공기나 수증기가 나무의 갈라진 틈새로 빠져나오
는 소리겠지. 처음에는 그게 무슨 새소리나 죽어가는 다람쥐가
괴로워하며 내뱉는 울음소리나 나무에서 새어 나오는 수증기
소리인 줄 알았다.

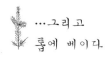

⋯그리고
톱에 베이다

샘 배럿Sam Barrett은 봄이면 밤에도 가끔 제재소를 돌린다. 어느 날 밤, 소로가 지나가다가 통나무 켜는 소리를 듣고 제재소 안의 광경을 상상했다.

⌒ 1852년 5월 5일 ⌒

전속력으로 내달리는 공허한 소리다. 해체 작업을 하고, 절묘한 신기술로 목재를 길들이고, 아마 인간의 허름한 거처와 악기를 만들려고 손질하는 것이리라. 톱질하는 사람이 손전등과 쇠지레를 들고 불빛으로 드리워진 그림자 한복판에 선 모습이 상상된다. 울려 퍼지는 진동과 그 진동에 맞춰 소리가 울린다. 마치 내장이 찢겨 나가며 고문당하는 통나무의 신경에서 나는 듯한 울림이.

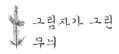 그림자가 그린
무늬

이제 달이 절반 이상 찼다. 서늘한—5월만큼 선뜩한—이 밤, 10시에 마을을 지나는데 느릅나무의 짙은 그림자가 다채로운 장식 격자처럼 땅을 뒤덮은 모습을 보고 마치 인간이 기대보다 많은 것을 얻은 인상을 받았다. 나무가 하늘 높이 뻗치고 선 것도 모자라 그림자로 바닥에 격자무늬까지 만들었으니 말이다. 나무는 밤이면 대지를 따라 길게 눕는다. 공중에 우뚝 솟아 활모양으로 몸을 구부려 흡사 어둠 속의 샹들리에처럼 길 위로 가지를 늘어뜨린다.

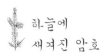 하늘에
새겨진 암호

보리수linden로도 불리는 참피나무bass 혹은 미국피나무*Tilia Americana*가 넓적하고 둥그스름한 잎을 물 위로 드리워 우리 뱃사람에게 기분 좋은 그늘을 만들어주었다. …곳곳에 달린 작고 단단한 열매 다발은 지금 거의 여물었다. …잎으로 무성한 이 차양 아래로 배를 타고 나가는 동안 그 갈라진 틈새로 하늘을 보았다. 말하자면 창공에 무수한 상형문자로 새겨진 나무의 진의와 생각을 보았다.

천지 만물이 우리의 유기 조직과 더없이 잘 어우러지기에, 우리 눈은 정처 없이 헤매는 동시에 한곳에 머물기도 한다. 사방 어디나 우리의 시각을 가라앉히고 새롭게 일깨우는 어떤 것이 있다. 고개 들어 나무 꼭대기를 보면서 자연이 얼마나 훌륭하게 자기 일을 마무리하는지 확인해보라. 소나무가 하늘 높이 까마득하게 솟아오르며 대지에 우아한 술 장식을 드리우는 모습을 보라. 저 꼭대기에서 높이 솟아 떠다니는 촘촘한 거미줄과 그 사이에서 재빨리 몸을 피하는 무수한 벌레의 수를 과연 누가 헤아리겠는가.

《소로의 강》

종류가 다른 상형문자 : 기어 다니는 벌레가 나무에 만든 홈.

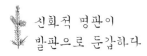
소로는 메인 숲의 벌목꾼에게 독설을 쏟아냈다. 숲을 파괴하는 행위에 화가 난 소로는 그들이 메인 숲의 가장 웅장한 나무를 갉아 먹는 '해충'이며, '나무 자체보다 도살된 몸통에 감탄하는' 자들이라 했다. 소로의 유머와 말장난, 나무에 대한 사랑 덕에 냉소가 순화되었다.

나무꾼은 소나무에 찬사를 보낼 때, 자신이 벤 나무가 하도 커서 멍에를 멘 소 한 쌍이 그 나무의 그루터기에 서 있을 정도라는 말을 으레 한다. 마치 소나무가 지금껏 자란 까닭이 소의 발판이 되려는 것이었다는 듯이. 말을 잘 안 듣는 이 짐승이 멍에를 멘 모습이 그려진다. 끝부분이 놋쇠로 덮인 뿔을 보면 녀석들의 매인 몸이 드러난다. 이 숲 전역에서 줄줄이 거대한 소나무의 그루터기를 밟고 선 짐승. 이제 숲은 황소 방목장에 불과한 지경이 되었다. … 친애하는 선생 양반, 그 나무는 당신이 베어내지 않았다면 멍에를 멘 소 한 쌍보다 훨씬 편안하고 굳건히 제 그루터기 위에 있었을 거요.

소로는 나무를 노래한 위대한 시인을 언급하면서 무지몽매한 벌목꾼이 읽을 수 없는 신화적 명판이 나무라고 말한다. 그는 1652년에

주조된 동전을 비웃는다. 그 시절 사람들이 소나무 모양을 동전에 넣는 동시에 실제 나무를 베어버려서다.

소나무 모양이 찍힌 1실링짜리 동전. 1652년에 주조되었다.

영국계 미국인은 굽이치는 이 숲을 모조리 베어버리고 파헤친다. 그러고는 그루터기에서 연설을 하고 이 폐허를 밟고서 뷰캐넌James Buchanan[*]에게 투표할 수 있지만, 자기가 베어 넘어뜨리는 나무의 정령과 대화할 줄은 모른다. 그는 앞으로 나아가기 급급해, 뒤로 물러나는 시와 신화를 읽을 줄도 모른다. 전단지와 동네 주민회의 허가증을 인쇄한답시고 무지하게 신화적 명판을 없애버린다. 그는 예전에 스펜서Edmund Spenser[**]와 단테가 이제 막 읽기 시작한 드넓은 대자연의 아름답고 신령한 지식에서 알파벳을 익히기도 전에 나무를 베어 넘기고, 소나무 모양이 찍힌 1실링짜리 동전을 주조하고(마치 그 소나무가 자신에게 얼마나 가치 있는지 알리듯이), 지역 학교 건물을 세우고, 웹스터의 철자 교본을 가르친다.

《소로의 메인 숲》

[*] 미국 15대 대통령.
[**] 영국의 시인. 장편 서사시 《신선 여왕The Faerie Queene》을 썼다.

땅속에서
만나다

1837년, 소로는 자기 생애에서 가장 중요한 우정을 나눌 사람,
바로 에머슨을 만나 친구가 되었다. 이듬해에는 우정에 관한 시를 썼
다. 마지막 연을 보면 그들의 사이가 멀어지기 10년 전인데도, 에머슨
이 소로가 그렇게 바라던 영혼의 단짝 같은 친구가 되지 않으리란 것
을 어느 정도 감지했음을 알 수 있다.

❧ 1838년 4월 8일 ❧

견고한 참나무 두 그루가 나란히 서 있소
함께 겨울 폭풍을 이겨내오
바람과 계절의 변화에도 굴하지 않고
초원의 긍지를 키운다오
둘 다 강인한 까닭이오
땅 위에서는 닿을 듯 말 듯해도
깊디깊은 저 속으로 파고들어가오
거기서 발견한 것에 감탄하리오
둘의 뿌리가 단단히 얽혔소
떼려야 뗄 수가 없소

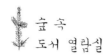

숲 속
도서 열람실

소로는 자연에 관한 책을 읽으려고 먼지 자욱한 도시의 도서관에 가면 기력을 잃었다. 거들먹거리는 도서관원들은 머리 셋 달린 신화 속 짐승 케르베로스가 하데스의 지하 세계 안에 있는 망자를 감시하듯이 책을 지켰다. 소로의 해결책은 숲 속 도서관이었다.

〜 1852년 2월 3일 〜

어째서 나는 시골에서도, 들판과 숲에서도 나와 생각이 같은 자연주의자와 시인의 작품을 찾지 못하는가. 자연을 향한 더 없이 순수하고 진한 사랑을 표현한 이들은 지의류를 달고 길게 늘어선 나무에 그 사랑을 기록하지 않았다. 내가 그들의 책을 읽으려면, 그들이나 내게는 너무 희한하고 역겨운 노릇이라도 도시로 가는 수밖에 없고, 내가 일말의 공감도 할 수 없는 사람과 단체를 상대해야 한다. 이런 용건으로 그곳에 갔을 때 호메로스나 초서나 린네Carolus Linnaeus의 책에 다다르기까지 너무 값비싼 대가를 치르는 느낌이다.

---

* 스웨덴의 식물학자.

…가끔 내가 상상하는 도서관은 진정한 시인과 철학자, 자연주의자 등의 책을 모아둔 곳이다. 피도 눈물도 없는 깐깐한 공무원이 지키고 책벌레들이 좀먹는, 공감할 구석 하나 없는 번잡하고 먼지 자욱한 도시의 벽돌 혹은 대리석 건물이 아니다. 그보다 중앙아메리카의 유적처럼 저 멀리 원시의 깊은 숲 속에 자리한 곳이다. 거기선 줄줄이 늘어서서 허물어지는 서고書庫—오래된 책이 악천후에서 근래의 책을 지켜낸다—의 자취를 찾을 수도 있다. 무성하게 존재하는 자연 덕에 일부 감춰진 곳, 담대한 학생은 야수와 야만인 사이에서 황야의 모험을 거친 뒤에야 다다를 수 있을 그곳. 내가 상상하기로 그곳은 이 놀라운 유물에 더 적합한 곳 같다. …도시 광장 쪽에서 관리 잘한 공무원이 들어앉은 관리 잘된 건물보다는. 사자보다 호랑이보다 무시무시한 이 케르베로스가 있는 곳보다는.

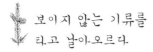
보이지 않는 기류를 타고 날아오르다

어느 날 오후에 코낸텀을 지나 리 다리를 건너 링컨까지 걸어갔다가 미저리 산을 거쳐 돌아오는 길에 클레마티스 개울가의 작은 초원에서 아스클레피아스[*]를 보았다. 위를 향한 열매가 어느새 벌어지려 했다. 씨앗을 몇 개 풀어 헤치니 섬세하고 보드라운 실이 단숨에 벌어지면서 곧바로 파르르 흩어졌다. 그러더니 반구형 틀에 아직 남은 것을 방사했다. 실 하나하나에 붙었다가 떨어지는데 전부 무지개 빛깔이다. 이 씨앗은 가장자리에 넓적하고 얇은 날개를 장착해서 빙빙 돌지 않고 확실히 안정성을 유지한다.

씨앗 하나를 공기 중에 놓아 보내니 처음에는 서서히 애매하게 솟아오르다가, 보이지 않는 기류에 이리 갔다 저리 갔다 했다. 그 씨앗이 근처 나무에 부딪혀 난파할까 염려스럽지만 그럴 일이 없다. 씨앗은 나무로 다가가다가 그 위로 훌쩍 솟아오른 다음, 강한 북풍을 받아 순식간에 반대 방향으로 날아가 디콘 파라 숲을 넘어 높이 더 높이 날아오르고 까딱거리다 공기가 요동칠 때마다 들썩거렸다. 그러다 250미터쯤 떨어진 데서 지면

---

[*] 박주가릿과에 속하는 식물로, 밀크위드milkweed라고도 한다.

위로 30미터쯤 날아올라 남쪽으로 가다 시야에서 사라졌다.

…이 계절에 비슷한 방식으로 떠다니는 각양각색의 기구氣球를 생각해보라! 수많은 씨앗이 이런 식으로 항해에 나서서 다양한 침로針路를 따라 언덕 위로, 초원과 강 위로 높이 오르다 바람이 잠잠해지면 새로운 장소에 자손을 뿌린다. 얼마나 멀리 날아가는지 누군들 알겠는가.

내가 본 적은 없지만 뉴잉글랜드에서 여문 씨앗이 펜실베이니아에 자손을 퍼뜨릴지도 모른다. 어쨌든 나는 가을이 실행하는 그런 모험의 운명 혹은 성공에 관심이 간다. 명주실같이 가느다란 것이 바로 이런 목적으로 여름내 이 가벼운 함에 아늑히 들어앉아 자신을 완벽히 가다듬는다. 이 목적에 완벽하게 적응하는 과정은 가을뿐만 아니라 장래의 숱한 봄을 예언하는 것이기도 하다.

믿음을 간직한 아스클레피아스 씨앗이 영그는 사이, 올여름에 세상이 끝장날 것이라고 한 밀러나 다니엘*의 예언을 누가 믿겠는가.

《씨앗에 대한 믿음Faith in a Seed》

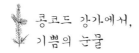

콩코드 강가에서, 기쁨의 눈물

버드나무 가지는 강인하고 단단하지만 몸통에 붙은 곳은 부러지기 쉽다. 버드나무는 물가에서 자라기 때문에 센 물살이나 얼음이 나무를 뚝 부러뜨려 하류까지 끌고 가는 경우가 종종 있다. 〈흩어지는 씨앗〉에 나오는 시적 산문 중에 소소한 걸작으로 꼽히는 이 내용을 보면, 부러진 잔가지가 강기슭에 뿌리 내리고 싹을 틔워 새 나무가 되는 모습을 발견하는 기쁨에 대해 이야기한다. 이 과정에 영감을 받은 소로는 절망이나 죽음과 연관된 버드나무의 상징적 고리를 끊어내려고 한다.

버드나무에 대한 세간의 평은 구약성경 〈시편〉 137편에서 비롯된다. 바빌론유수* 기간 동안 노래를 할 수 없던 이스라엘 민족이 '바빌론 강변'의 버드나무에 하프를 걸어두었다. 소로는 버드나무를 희망의 상징이라 일컬으며 '콩코드 강가'에서 버드나무 찬가를 부른다. 그의 열렬한 헌사는 물에 떠다니는 버드나무 씨앗 찌꺼기를 호메로스와 알렉산더, 바빌론, 헤로도토스, 플리니우스, 서스캐처원을 언급하는 내용과 엮어낸다.

---

* 기원전 6세기에 이스라엘 유다왕국 사람들이 포로가 되어 신新바빌로니아의 바빌론으로 이주한 사건.

6월 어느 날, 어새벳 강가에 드러난 나무 부스러기와 잎사귀와 모래가 축축하게 뭉친 덩어리에 깔린 작은 흑버드나무가 막 꽃을 피우는 장면을 보았다. 잡아당겨보니 길이가 40센티미터 남짓한 어린 가지인데, 나머지 3분의 2는 축축한 덩어리에 파묻혔다. 얼음에 부러지고 물에 쓸려 내려와서 거기 묻혔으리라. 지금은 덩어리에 묻힌 3분의 2 부위에 2.5~5센티미터짜리 가는 뿌리가 풍성하게 돋았다. 지면 윗부분에는 잎과 꽃차례도 났다. 나중에 강가를 내려다보며 높은 데서 가지를 흔들 나무가 생겨난 것이다.

이 버드나무는 여간해선 죽지 않고, 어떤 사고든 기회로 삼아 강기슭을 따라 영역을 넓힌다. 나무를 부러뜨려 조각내는 얼음이 결국 이 나무를 더 넓게 퍼뜨리는 역할을 한다. …나는 그것도 모르고 툭하면 부러지기 십상인데, 갈대처럼 고분고분 휘지도 않는 이 나무의 쓰라린 운명을 불쌍히 여겼다. 이제는 불사신 같은 강인함에 감탄하지 않을 수 없다. 그런 버드나무에게서 영감을 얻을 수 있다면 기꺼이 나의 하프를 매달 것이다. 콩코드 강가에 앉은 나는 이 나무를 발견하고 기쁨의 눈물을 흘릴 것만 같았다.

소로는 버드나무가 실연이나 슬픔의 대명사로 쓰이면 안 되는 이유를 말한다. 바빌론 강가의 버드나무는 사실 절망에 굽히거나 의기

소침하지 않았다. 전설에 따르면, 이 버드나무 가지는 알렉산더대왕이 배를 타고 유프라테스강을 건널 때 머리에 쓴 왕관을 쳐서 그의 죽음을 예언했다.

버드나무를 절망적인 사랑의 상징이라 일컫는 사람들—'버림받은 연인이 쓴 버들잎 화환*'에 대해 말하는 사람들—이 있는데, 나는 그게 무슨 말인지 도무지 모르겠다! 버드나무는 오히려 빛나는 사랑의 상징이자 모든 자연과 나누는 공감의 상징이다. 이 나무는 수그리기도 하고 아주 나긋나긋하긴 해도 눈물은 절대 흘리지 않는다. 바빌론 강가에서 자라던 버드나무가 여기서도 꿋꿋이 피어난다. 물론 버드나무 종류의 반은 이곳 아메리카 대륙에 없고, 애초에 발을 디딘 적도 없겠지만. 그 나무가 수그리는 까닭은 다윗의 눈물을 기리기 위해서가 아니라 예전에 유프라테스강에서 알렉산더대왕의 머리에 있는 왕관을 어떻게 잡아챘는지 되새기기 위해서다.

버드나무는 보통 2~3년에 한 번씩 잘려야 하는 운명을 타고났으나, 쉽사리 죽거나 한탄하기는커녕 원래보다 원기 왕성하고 눈부신 싹을 틔우며 다른 나무만큼 오래 산다.

---

* wear the willow가 '실연하다' (버들잎으로 만든 화환을 써서) 연인의 죽음을 애도하다'라는 뜻이다.

12월 초에 물이 마른 어느 골짜기에 있는 사초莎草 위나 한겨울 눈 위에 솟아난 버드나무의 어린 가지 곁을 지날 때면, 그게 한없이 가느다란 종의 가지라 해도 마치 사막에서 오아시스를 만난 듯 기운이 솟아난다. 아무렴, 그렇지. 버드나무는 자살을 부르는 나무가 아니다. 그것은 젊음과 기쁨과 영원한 생명의 상징이다.

《씨앗에 대한 믿음》(요약본)

Part 04

나
무
를

알
다

소로는 월든에 있을 때부터 신생 학문 분야인 식물학에 관심을 보였다. 그는 1847년에 하버드대학의 자연주의자 루이 아가시Louis Agassiz*에게 표본을 보냈다. 1849년에는 마음 가는 대로 매일 나서던 산책길이 어느새 들판으로 떠나는 식물 견학이 되었다. 소로는 이듬해에 보스턴자연사학회의 주니어 회원으로 뽑혔다. 1851~1852년에는 수목 연구에 착수해 자신이 산책길에서 본 나무를 확인하는 작업을 시작했다. 그가 읽은 책은 존 이블린John Evelyn**이 1664년 영국의 숲에 대해 쓴 《산림에 대하여Sylva, or A Discourse of Forest-Trees》, 조지 배럴 에머슨George Barrell Emerson***이 1846년 매사추세츠의 숲에 대해 쓴 개론, 프랑수아 앙드레 미쇼François André Michaux****가 처음으로 뉴잉글랜드의 수목을 조사해서 1819년 출간한 《북미 수림지North American Sylva》다.

식물학은 소로가 나무 안의 보이지 않는 기운을 확인하고, 그의 취향에 맞게 풍부하고 정확하고 새로운 언어로 나무를 설명할 수 있는 말문이 트이게 해주었다. 1850년대에는 나무에 대한 관심이 점점 더 커져 자연주의자로서 하던 일이 뒷전으로 밀릴 정도였다. 1860년쯤 나무는 그에게 가장 중요한 관심사가 된다.

---

* 스위스 태생의 미국 고생물학자, 지질학자.
** 영국의 문인.
*** 미국의 교육가.
**** 프랑스의 식물학자.

소로가 숲이 재생하는 현상을 처음 인지한 자연주의자는 아니지만, 그 과정을 상세히 이해하고 문서로 기록하며 '천이'라는 용어를 만들었다. 그는 1860년 9월 미들섹스축우품평회에서 이 내용에 대해 강의했다. 조지 배럴 에머슨 이하 많은 이들은 숲이 자연 발생적으로 생성된다는 쪽이었지만, 소로는 이 의견을 받아들이지 않고 모든 수목이 씨앗에서 자란다고 단언했다. 호러스 그릴 리가 창간한 〈뉴욕트리뷴〉에 소로의 글 〈숲 나무들의 천이〉가 실렸고, 이 내용이 널리 알려졌다. 삼림 역학 연구에서 크게 한 걸음 나간 성과다. 하지만 안타깝게도 그의 연구는 빛을 보지 못했다. 전문 삼림학자들은 아무리 과학적인 결과라 해도 일개 초월주의자의 연구를 받아들일 수 없어, 소로의 의견을 묵살했다.

에세이가 성공을 거두면서 소로는 자연주의자로서 점점 더 인정받았다. 전작 두 권(《소로의 강》과 《월든》)의 판매가 저조해 마음이 쓰린 저자에게 찾아온 새로운 임무는 큰 격려가 되었다. 1860년 가을, 소로는 부지런히 나무의 생활 주기에 관한 자료를 모으기 시작했다. 일기에는 기재 사항이 많아졌고 자신감과 열정이 충만했다. 10~11월만 해도 5만 3000단어가 기록되었다. 그러다 소로는 12월 3일에 감기에 걸리고, 건강을 회복하지 못했다. 2년 뒤 찾아온 죽음은 어떻게 봐도 너무 일렀지만, 나무 연구에 쏟아부은 열정이 도리어 비극을 재촉했다.

1860년 초에는 연구의 폭을 넓혀 '종자 분산' 연구에 돌입했다. 정확한 관찰 결과이면서 자연의 다산성을 보여주는 시적 연대기인 이 주제에는 그가 천이에 대해 강의한 내용도 포함되었다. 다윈에게 영감을 받은 이 연구는 콩코드 들판과 조림지에 자연선택설을 적용하려는 야심찬 노력이다. 소로는 연구를 완성하지 못한 채 죽음을 맞았다. 1993년에야 그의 원고가 취합되어 《씨앗의 희망》으로 출간되었다.

소로는 이상주의를 희생하며 과학적 연구에 임하진 않았다. 소로의 이상주의는 그가 자연을 바라보는 결정적인 렌즈로 남았다. 그는 자연을 연구하며 현미경 아래 놓인 대상처럼 축소해서 알아낼 수는 없다고 생각했다. 그런 방법은 너무 제한되고 한정적이어서 전체 혹은 '전체의 그림자'조차 전달하지 못했다. 소로는 나무에 대한 정보는 물론, 나무의 진정한 의미도 알고 싶어 했다. 그는 나무가 우주의 법칙과 영적 진리를 나타낸다고 보고, 나무에 대해 글을 쓸 때 나무를 자연의 실상이자 비유로 다뤘다. 이런 점에서 그는 일관성이 있었다. 하버드대학 졸업반이던 1837년 1월 2일 일기에 '자연의 진정한 의미를 인식하는 것은 자연을 올바로 연구하는 데 꼭 필요한 일이다'라고 썼는데, 14년 뒤에도 소로의 신념은 그대로였다.

나무는 자연주의자 소로에게 식물의 자연법칙을 가장 탁월하게 보여주었으며, 소로의 철학적 사고에 절대적으로 필요한 은유를 선사하기도 했다. 그는 나무의 기본적 구조—줄기, 뿌리, 가지, 잎—를 자연 어디서나 찾을 수 있는 형태이자 창조의 원형으로 여겼다. 특히 나뭇잎이야말로 보편적인 형태라고 보았다. 대지가 '자신을 겉으로 표현할 때 나뭇잎으로 나타낸다. 속으로 생각을 품고 진통을 겪는 까닭이다'. 나무 전체가 곧 하나의 잎일 뿐이다. 새의 깃털과 날개, 무스의 갈라진 뿔, 게다가 인간의 손도 나무가 보여준 원형을 따른다. 형태는 물리적인 틀에 국한되지 않았다. '생각의 꽃도 있고, 생각의 잎사귀도 있다. 우리의 생각은 대부분 잎에 불과하고, 그 생각의 가닥이 바로 줄기다.' 소로가 《월든》에 남긴 유명한 표현대로 '이 지구의 조물주는 오로지 잎사귀 하나의 특허를 얻었을 뿐'이다.

소로는 자연주의자의 렌즈와 시인의 눈을 겸비해 더없이 훌륭한 결과물을 냈다. 나무에게 부치는 탁월한 송시 〈가을 빛깔〉이다. 한편으로 가을에 나타나는 변화무쌍한 색조를 담아내는 이 글은 뉴잉글랜드의 가을 색감을 나무별로 안내한다. 생기 넘치고 기발한 문체로 쓰인 이 글에는 풍자적인 유머도 곁들여진다. 그런데 글의 표면에서 그리 멀지 않은 곳에는 자연에서 느끼는 죽음에 대한 명상이 면면히 흐른다.

소로는 1853년 10월 22일에 대단히 절제된 목소리로 '나는 낙엽이라는 주제를 섣불리 종결지을 수 없다'고 썼다. 〈가을 빛깔〉은 그가 생각하는 몇 가지 핵심 주제—자연에서 접하는 색깔의 풍요로움과 다양성, 아름다움에 대한 인식, 풍경 미학, 무엇보다 자연의 재생 능력—에 대해 간단히 언급한다. 소로는 가을의 빛깔을 보려면 잎은 떨어질 채비를, 눈은 그것을 볼 준비를 해야 한다고 쓴다.

그는 1859년 매사추세츠주 린Lynn에서 〈가을 빛깔〉에 대해 강연을 했다. 지역 신문에는 그가 진홍참나무 잎 하나를 사람들이 보도록 돌리고, '잎의 곡선과 각도에서 나타나는 섬세한 윤곽, 주홍색과 심홍색의 화려한 색조에 대해 연이어 해설했다'는 기사가 실렸다. 그는 마지막이 된 이 강연을 에세이로 바꿔 1862년 늦겨울과 초봄《애틀랜틱 먼슬리Atlantic Monthly》*에 실었다. 잎이 거치는 과정—성숙하고 떨어지고 뒤이어 생화학적 변화가 일어나는 과정—은 와병 중인 소로에게 또 다른 의미로 다가왔다. 그는 분명 가을의 나뭇잎을 자신과 동일시했다.

* 1857년 보스턴에서 창간된 월간 문예지.

숲에게
배우다

겹쳐나기
꽃봉오리

'식물의 언어는 참으로 풍부하고 정확하구나!' 그가 1851년 일기에서 열광하며 한 말이다. 소로는 나무를 설명하는 데 식물의 정밀한 어휘를 사용했다.

∾ 1852년 4월 15일 ∾

미국느릅나무Ulmus americana의 꽃봉오리

체니 씨네 느릅나무에 폭이 넓고 납작한 갈색 꽃봉오리가 달렸다. 황록색 실 같은 것 20~30개가 약간 갈색이 도는 진자줏빛 꽃잎에 싸였다. 꽃에는 수술 여러 개와 암술대 두 개가 들었다. 이제 막 꽃봉오리가 커지거나 피어나는 중이다. 겹쳐나기 모양인 납작한 봉오리의 아린芽鱗*이 양방향으로 벌어지는데, 지난 몇 주간 모양새가 화려해졌다. 어째서 이렇게 많이 성장했고 이토록 자태가 풍성한 느릅나무는 거의 보이지 않을까? 수꽃과 암꽃이 다른 나무에도 필까?

---

* 나무의 겨울눈을 싸면서 나중에 꽃이나 잎이 될 연한 부분을 보호하는 단단한 비늘 조각.

빛깔의
향연

～ 1853년 10월 9일 ～

강한 남서풍. 채닝William Ellery Channing*과 함께 출항해 강을
따라 내려갔다. 참꽃단풍이 빨갛다. 노랗기도 하고 점점 붉어
지는 것도 있다. 은단풍은 초록빛과 은빛을 띠는데 점점 노래
지면서 붉어진다. 자작나무는 노랗고, 흑버드나무는 갈색이
다. 느릅나무는 시들어 갈색을 띠고 가느다랗다. 참피나무는
잎이 저서 벌거숭이다. 철 늦은 세팔란투스는 보호 받는 아래
쪽을 빼고는 벌써 잎이 거의 다 지고 없다. 비콜로르참나무는
엷게 갈색이 도는 초록빛이고, 미국물푸레는 짙은 자줏빛이 되
었다. 볼 언덕Ball's Hill을 마주하는 은단풍은 그을린 흰색을 띤
모양새다. 백참나무는 연어 살빛이기도 하고 붉기도 하다. 저
진홍참나무는 장밋빛이 된 건가? 허클베리와 검은딸기나무는
붉다. 잎이 진다. 나무에 열린 사과가 뚜렷이 눈에 띈다. 사향
쥐 집은 아직 완성되지 않았다.

* 미국의 목사. 노예제도와 전쟁에 반대했으며, 문학적 독립선언인《미국 국민문학론
Remarkson a National Literature》을 썼다.

자작나무 잎이 나다

소로는 봄이면 잎이 난 순서에 주목하면서 계속 나무를 관찰했다.

⁓ 1853년 5월 12일 ⁓

이제 흰자작나무가 순식간에 눈에 띄게 녹색으로 물든다. 상록수 틈에서 처음으로 눈에 띄는 녹색 덩어리를 이룬다. 참나무처럼 잿빛이 돌거나 희끄무레하지도 않다. 한층 촘촘하게 짠 담녹색 겉옷을 걸친 듯하다. 흑자작나무는 한창 아름다운 모습을 뽐낸다. 가늘고 길고 무성한 가지가 바람에 나부끼고(잎눈이 이제 막 벌어지기 시작한다), 갈색으로 얼룩덜룩한 황금빛을 띠고 길이는 7~8센티미터인 꼬리모양꽃차례가 5~6개 달린 작은 술 같은 다발이 무수히 많다. 늘어진 어린 가지마다 끄트머리에 한 다발씩 똑바로 달렸거나, 호밀 이삭처럼 대롱거리거나, 지평선 기준에서 다양한 각도로 바람에 나부낀다. 벌거숭이 나무만 볼 게 아니라 하늘을 배경 삼아 이 모든 광경을 보면 대단히 우아한 윤곽이 드러난다.

꼬리모양꽃차례는 아주 크고 눈에 잘 띈다. (흰자작나무의 꼬리모양꽃차례는 더 호리호리하게 생겼고, 더 일찍 난 나뭇잎에

가려졌다.) 붉은색을 띤 길쭉한 암꽃은 더 아래쪽 잎겨드랑이에서 발견된다. 수꽃은 벌레를 쪼아대는 새 때문에 찢긴 것처럼 보인다. 한 다발도 성한 게 없다.

황자작나무는 상당히 앞서간다. 잎 말고 꽃은 마지막에 어린 나무에서 커진다. 여기 큰 나무에 잎이 났다. 황자작나무가 먼저, 그다음은 흑자작나무나 백자작나무, 흰자작나무 순이다.

인간과
나무 1

나무는 일반적으로 한 해에 두 번 생장한다. 봄에 한 번, 가을에 한 번. …사람도 마찬가지지만 대부분 봄에 생장할 뿐, 유년 시절의 희망을 억누르는 첫 번째 난관을 절대 극복하지 못한다. 그러나 더 강인한 체질인―혹은 더 좋은 토양에 심긴― 식물은 회복이 빠르며, 설사 낙담한 순간을 기념하는 상처나 혹이 있더라도 또다시 밀고 나아가 가을에 원기 왕성하게 자라서 새봄 못지않은 생장을 한다.

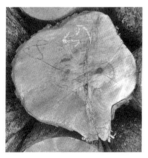

월든 호수 맞은편 콩코드 환승역에
쓰러진 나무의 몸통

인간과
나무 2

~ 1853년 11월 14일 ~

10월은 인간이 더는 순간적인 기분에 의존하지 않는 인생의 어느 시기와 일치한다. 이즈음 인간의 경험은 하나하나 지혜로 영글어가고, 그의 모든 뿌리와 가지와 잎은 성숙함으로 빛난다. 그가 봄여름에 보여준 모습과 그때껏 해낸 일의 결과가 나타난다. 결실을 맺는 것이다.

인간과
나무 3

◌~ 1860년 11월 5일 ~◌

처음에 천천히 자라는 나무일수록 속이 더욱 견고하다는 사실
에 놀랐다. 인간도 마찬가지라고 생각한다. 우리는 아이가 조
숙한 모습을 보고 싶지 않다. 새싹처럼 어린 시절에 엄청 쑥쑥
자라서 무르고 썩기 쉬운 목재가 되는 게 아니라, 처음에는 마
치 역경과 씨름하듯 천천히 생장하면서 단단해지고 완벽해지는
편이 더 나을 것이다. 그런 나무는 최고령에 이를 때까지 거의
동일한 속도로 꾸준히 큰다.

인간과
나무 4

나무의 서로 다른 특징은 다른 계절보다 지금처럼 잎이 성숙했을 때 잘 나타난다. 예를 들어 겨울에는 잎이 별로 눈에 띄지 않으며 거의 한결같이 회색이나 갈색이고, 봄여름에는 녹색이어서 분간이 잘 안 된다. 참꽃단풍, 서양물푸레나무, 흰자작나무, 그란디덴타타포플러*Populus grandidentata*는 눈에 보이는 한 뚜렷이 구별된다. 열매나 숲도, 동물이나 인간도 잎과 마찬가지다. 모두 성숙해지면 서로 다른 특징이 드러나게 마련이다.

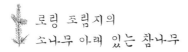

로링 조림지의
소나무 아래 있는 참나무

울창한 소나무 숲을 벌채하면 참나무를 비롯한 다른 수종이 그 자리를 대체하는 사실에 대해서 조금 설명할 부분이 있다. 애초에 다른 나무는 전혀 없고 소나무만 있다. 소나무를 잘라내고 2년이 지나자, 대부분 참나무에 다른 활엽수도 조금 섞여서 갑자기 생겨나는 게 보인다. 열매가 어떻게 그토록 오랫동안 썩지 않고 땅속에 잠복할 수 있는지 의아할 것이다. 로링 Loring 조림지가 좋은 예다.

원래 울창한 소나무 숲을 살펴보면 리기다소나무만 있는 숲이라 해도 자잘한 참나무와 자작나무 등이 곳곳에 싹튼 모습이 눈에 띌 것이다. 다람쥐 같은 야생동물이 가져온 씨앗에서 싹이 트고 꽃이 피었지만, 소나무 그늘 아래서 제대로 자라지 못했을 것이다. 소나무 숲 아래서 해마다 이런 파종 과정이 진행되고 초목이 죽어가다가, 소나무가 싹 정리되어 참나무 같은 수종이 그토록 원하던 유리한 조건이 확보되자 곧바로 쑥 자라 나무가 된 것이다.

생각의
뿌리

아사 그레이Asa Gray*의《식물 안내서Manual of Botany》를 보면 식물이 동시에 정반대 방향으로 자란다는 내용이 나온다. 뿌리를 내리려고 아래를 향해 땅속으로 들어가고 줄기가 뻗어나가도록 위를 향해 공중으로 자라는데, 비유적으로 말하면 하늘을 뚫을 정도라는 글을 읽고 소로가 큰 감명을 받았다.

〜 1851년 5월 20일 〜

이처럼 인간의 정신도 처음부터 정반대 두 방향으로 발전한다. 빛과 공기 속으로 뻗어 나가려고 위쪽을 향하고, 뿌리를 내리려고 빛을 피해 아래로 향한다. 반쪽은 공중에 있고 나머지 반쪽은 땅속에 있다. …정신의 성장 중 절반은 계속 뿌리에 있어야 한다―배아 상태로 자연의 자궁 속에 있으면서 처음보다 미생의 존재인 채로 말이다. 잇따라 생겨나는 모든 새로운 생각이나 싹에는 저마다 땅속에 새로운 작은 뿌리가 있다. 성장하는 인간은 자신의 뿌리로 만물의 자궁 속으로 더욱 깊이 파

* 미국의 식물학자. 북아메리카의 식물 분포를 연구했다.

콩코드의 랠프 월도 에머슨의 집 앞 잔디밭에 있는 향나무가 몸짓을 하는 듯하다.

고든다. 젖먹이는 빛에 겨우 가려진 표면에 비교적 가까이 있지만, 성인은 만물의 중심으로 곧은 뿌리를 내린다.

…가장 맑고 영묘한 생각은 (안타이오스*처럼) 만물이 비롯된 태초의 자궁인 대지와 기꺼이 연합한다. 가지를 뻗자마자 뿌리내리고 거름이 되기를 간절히 바란다. 그 어떤 생각도 제 어미의 치맛자락을 놓아버릴 만큼 높이 솟아오르지 못한다. 밝은 데로 나와 반대편인 하늘을 뚫고 들어가는 생각은 어둠—습하고 비옥한 어둠—속에서 잉태되어 생명의 나무처럼 저승에 뿌리를 내린다.

---

* 그리스신화에 등장하는 거인으로, 바다의 신과 땅의 신 사이에서 태어났다. 대지에 발이 닿을 때마다 더욱 강해지는 특성이 있다.

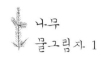

나무
물그림자 1

소로는 에머슨의 자연 이상주의에 영향을 받은 것이 분명하다.

오늘 강가에 서서 물에 비친 느릅나무의 형상을 곰곰이 생각해 보았다. 느릅나무와 버드나무는 말할 것도 없고, 언덕 꼭대기에서 자라는 참나무와 자작나무도 하나같이 나무에 대한 본래 관념대로 뿌리 끝부터 형성되는 우아하고 영묘한 나무 모습이다. 자연은 이따금 물이 차오를 때 거울을 나무 발치로 가져가 나무의 모습을 보여준다. 우리네 미천한 감각이 순수한 천상의 정기로 가득한 하늘을 배경 삼고도 제대로 보지 못할 것 같은 사물이 있으면, 자연은 마음이 안 놓이는지 작은 못과 웅덩이에 그 형체를 비춰주기도 한다. 강가의 관목과 함께 나란히 펼쳐진 하늘의 또렷한 윤곽이 인상적이다. 항상 그런 넓은 시야로 우리 자신을 보면 좋을 것이다. 그러니 서쪽 지평선을 등지고 햇살을 받은 아름다운 나무처럼 우리 삶도 하늘을 향해 버티고 서 있도록 하자. 동틀 녘에 여명의 첫 빛줄기를 받으며 빛날 수 있게 어느 동녘 언덕에 우리 삶을 심어보자.

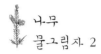
나무
물그림자 2

소로는 11년 뒤에도 이상주의자였지만 그의 글은 더욱 명쾌해졌
다. 서술이 많아진 대신 낭만적인 특징은 줄었다. 그는 약간의 유머로
철학적 묵상을 보충했다. 다음 내용은 그가 콩코드에 있는 제임스 P.
브라운의 외딴 호수에 간 이야기다.

⌒ 1851년 11월 9일 ⌒

호수는 나직한 산으로 둘러싸인 분지에 있다. 마주 보는 산의
두 면은 키 큰 소나무 숲이고, 나머지 면은 각각 어린 백참나
무와 스트로부스소나무가 차지했다. 나는 이렇게 흐린 날, 호
수에 비친 풍경을 보며 감동했다. 산중턱에 있는 소나무의 잿
빛 줄기와 하늘이 너무나 얌전하게 비쳤다. 그 거울은 이를테
면 영원히 그대로일 그림, 변치 않을 이상주의 작품을 비춰준
다. 이 물그림자는 소에게만 보였는가! 대개 소의 눈에 맞춤으
로 만들어졌는가? 산 너머로 건너가면 보는 눈이 없다고 생각
하고 이 마법 같은 작품이 그곳에서는 끊임없이 계속되는 현상
임을 알 것이다. 천혜의 자리에 있는 몇몇 호수나 저수지만 나
무와 하늘을 비추는 것은 아니다. 사람의 발길이 거의 닿은 적

없는 작은 골짜기의 칙칙한 연못도 똑같이 할 줄 안다.

이런 물그림자는 하늘이 산의 위쪽에 가로놓였을 뿐 아니라 아래도 놓였음을 보여준다. 보이는 게 전부가 아니라는 의미도 된다. 나는 이 물그림자를 바라보다가 살짝 놀랐다. 사실 호수를 들여다보다가 몇 분이 지나도록 인지하지 못했다. 마치 내가 이것을 불변의 현상으로 여기지 않은 것 같다. 자연이 진흙 웅덩이 한복판에 하늘과 나무를 비출 때, 사실에 대한 자연의 상식과 애정은 어떻게 되었는가? 그 과정이 전적으로 인간의 상식에 통하는가? 뉴잉글랜드농민회라면 그런 식으로 처리했으려나?

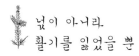

넋이 아니라
활기를 잃었을 뿐

소로가 1858년에 〈가을 빛깔〉을 쓸 때 많이 참조한 내용은 오랫동안 계절에 관해 써온 일기다.

∽ 1856년 12월 17일 ∽

관목참나무를 살펴보라. …이 나뭇잎에는 생명이 아직 남았다. 이 잎은 시든 상태인데도 아름답기 그지없다. 매달린 모습은 마치 성인聖人의 인내에 견줄 만하다. 잎은 색깔이 여전히 건강해 보이고 형태도 변함없이 완벽하다. 북적이고 부산스럽던 여름이 지나갔으니 나는 한갓지게 나뭇잎을 감상하련다. 잎의 생김새를 보노라면 절대 싫증 나는 법이 없다. …안으로 밖으로, 위로 아래로, 어찌나 기분 좋고 조화로운 색감인지. 우아하게 갈색으로 그을린 매끄러운 윗면은 열매 색깔을 띠고, 골이 진 아랫면은 창백하다(약간 은빛이거나 잿빛이다). 이 얼마나 시적으로 숨을 거둔 모습인가! 순결하고 자애로운 존재 혹은 성인을 닮지 않았는가! 얼마나 숭고한가! 활기는 잃었을지언정 넋을 내려놓지는 않았다. 벌레가 건드린 흔적이 거의 없는 잎은 변함없이 아름답다. 잎의 모양은 이렇다.

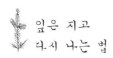

잎은 지고
다시 나는 법

소로는 나뭇잎이 졌다가 결국 '다시 나는' 내용을 다룬 1857년 일기도 나중에 〈가을 빛깔〉을 쓰는 데 참조했다.

∽ 1857년 10월 16일 ∽

솔잎이 우수수 떨어진 지 얼마 되지 않았다. 이 소나무 아래 양탄자처럼 깔린 담갈색 솔잎을 보라. 솔잎 양탄자가 풀 위에 어찌나 사뿐히 놓였는지. 커다란 바위 위와 바위 턱에 두툼하게 얹혔고, 덤불과 작은 나무에도 살며시 매달렸다. 솔잎은 아직 납작하지 않고, 불그레하기보다 은은한 담갈색을 띤 채 방금 떨어진 나뭇가지처럼 빛을 향해 드러눕는다. 솔잎에 덮여 땅바닥이 거의 보이지 않는다. 해마다 기분 좋게 대지에 이바지하며 이토록 아름답게 죽어가는구나.

솔잎은 떨어졌다가 다시 살아난다. 마치 달랑 한 해 비축한다고 해서 이 기름진 흙이 생겨 그 안에서 소나무가 자라는 건 아니라는 사실을 아는 듯하다. 솔잎은 흙 속에 살며 토양을 더욱 비옥하게 하고 토양의 부피도 점점 늘어나게 한다. 그 토양에서 비롯되는 숲에 계속 사는 셈이다.

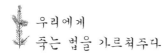

우리에게
죽는 법을 가르쳐주다

소로는 자연을 보며 깨달은 죽음에 관한 깊은 묵상을 뉴잉글랜드의 가을 색감을 열거하는 내용으로 엮어낸다.

어떤 수확물도 이 아름답고 다채로운 풍경에 견줄 수 없다. 담백하게 누런 곡물 색깔은 말할 것도 없고, 우리가 아는 거의 모든 색깔이 동원된다. 밝디밝은 청색도 예외가 아니다. 일찍 얼굴을 붉히는 단풍나무, 자신의 죄를 주홍빛으로 활활 불태우는 옻나무, 짙은 자줏빛 물푸레나무, 진한 연황색 포플러, 눈부시게 붉은 허클베리 들이 산등성이를 물들인 풍경이 마치 양떼의 등에 색깔을 입힌 듯하다. 잎마다 서리의 손길이 닿는다. 둥트는 하루가 미세한 호흡을 내뱉고 지축이 가볍게 진동하는 중에도 잎이 얼마나 소나기처럼 떠내려오는지 보라! 땅은 그 잎으로 온통 알록달록하다.

잎은 여전히 흙 속에 살며 토양을 더욱 비옥하게 하고, 토양의 부피도 점점 늘어나게 한다. 그 토양에서 비롯되는 숲에 계속 사는 셈이다. 소생하기 위해, 장차 수년이 흐르는 동안 미묘한 화학작용에 힘입어 나무 속 수액을 타고 올라가 더 높은 곳에 이르기 위해 웅크리고 있다. 어린나무에서 떨어져 나와 나중에

탈바꿈하는 첫 잎은 수년 뒤 그 나무가 숲의 군주가 되었을 때 수관을 장식할지도 모른다.

이제 막 떨어져 바스락거리는 나뭇잎으로 덮인 바닥을 걷자니 기분이 좋다. 이 잎은 참으로 아름다운 모습으로 자기네 무덤으로 가는구나! 얼마나 평온하게 몸을 뉘여 흙으로 화하는가! 수천 가지 빛깔로 채색하고 우리 생명체의 토대가 되기에 적합한 모습에 이르는구나. 이렇게 잎은 마지막 쉼터로 떼 지어 모인다. 가볍고 경쾌한 발걸음으로. 상복 따위 걸치지 않고 명랑하게 대지 위로 날쌔게 움직여 장소를 추리고 부지를 고른다. 철책 같은 걸 두르라 지시하지 않고 숲 전역에서 속삭이며 소식을 전한다. 어떤 잎은 아래 인간의 시신이 썩어가는 장소를 골라 중간쯤에서 그들과 만나기도 한다. 잎은 얼마나 나부낀 뒤에야 무덤에 평온히 잠드는가! 그토록 높이 솟아오른 이들이건만 정녕 기꺼이 흙으로 돌아가는구나! 높은 데서 펄럭이다가도 엎드러지고, 나무 발치에 묵묵히 누워 썩어가며 동족의 새로운 세대에게 양분을 주는구나! 이들이 우리에게 죽는 법을 가르쳐준다. 불멸에 대한 우쭐한 믿음을 품은 인간이 우아하게 성숙한 모습으로 눕는 날이 정녕 올는지, 머리카락을 떨구고 손톱을 떨구듯이 인디언 서머처럼 차분하게 몸뚱이를 벗어버리는 날이 과연 올는지 궁금할 따름이다.

〈가을 빛깔〉

Part 05

나무의 영혼을 만나다

나무는 소로의 영혼을 이끄는 길잡이자 동반자이기도 했다. 소로는 나무가 자신의 시선을 '하늘'로 옮아가게 하는 첨탑이라고 말했다. 그 말이 소로에게 정확히 어떤 의미인지 확실하지 않으나, 그는 그 표현을 자주 썼다. 《월든》에는 총 48회 등장하고, 일기에는 나무와 자주 연관되어 나온다.

소로는 종교적 은유를 사용할 때 오해받기 십상인 자신의 일부를 드러냈다. 사실상 그는 교회를 무자비하게 비판했다. 특히 자신이 몸담은 칼뱅파 전통을 비롯해 조직화된 종교의 '편협한 신앙과 무지'에 비난을 퍼부었다. 그는 교회의 교리가 절망적이고, 성직자는 무기력하며, 의례는 미신적이라고 생각했다. 소로가 이처럼 비판적인 견해를 보이긴 했지만, 그는 뼛속까지 신앙인이었다. 숨겨지지 않는 경건함이 자연에 관한 그의 글을 상당 부분 채운다. 그가 예배당을 거부한 이유는 예배당이 종교를 상징해서가 아니라 그 의미를 제대로 나타내지 못했기 때문이고, 이것이 그가 예배당을 보는 관점이었다.

형식적인 신앙은 소로가 자연에서 찾은 더 진실하고 '더 순전한' 신앙에 비하면 비본질적인 것에 불과했다. 소로가 더 순수한 이 형식을 시시콜콜 설명하지 않은 이유는 자연에서 찾은 신앙의 경험이 그가 마음을 쓰는 전부였기 때문이다. 나무가 그를 이런 경험으로 이끌 때가 많았다. 나무는 그에게 '제단'이자 '불꽃이 이는 떨기나무'*다. 숲은

---

* 구약성경 〈출애굽기〉 3장 2절에 나오는 가시덤불. 불꽃이 이는데도 타지 않았다.

그에게 대성당이다. 숲의 뾰족한 나무줄기는 그에게 마을 교회의 첨탑보다 큰 영감을 주었다. 그는 숲을 자신의 '지성소'라 칭했다. 그가 거기서 얻는 것은 '다른 사람들이 교회에 다니며 얻는 것'이었다. 소로는 '숲은 모든 신화에서 신성한 장소'로 등장한다고 썼으며, 그 말은 그에게도 해당되었을 것이다.

특히 겨울 숲은 소로에게 영혼의 땅이자 명상의 공간이었다. 그는 자연주의자보다는 탄원자 입장으로 신비로운 기운에 촉각을 곤두세우며 숲을 걸었다.

소로는 숲에서 신의 임재를 감지하고 이를 기록했는데, 그가 느낀 신성한 존재는 저 높은 데서 엄습한 성서의 강력한 신이 아니라 어린 가지와 나무줄기와 풀잎 하나하나에 속속 깃든 신이다. 소로에게는 참으로 인자하고 애정이 깊고 무엇보다 허물없는 존재다. 그는 초서의 방식, 즉 거짓으로 경외하는 마음을 앞세우지 않고 '친근하되 순수하게 신을 이야기하는 화법'을 칭송했다. '하느님이 우리 생각 속으로 들어오는 과정은 산들바람이 우리 귓속으로 들어오는 정도면 되지, 그 이상으로 전시할 일은 없다'고 일기에 썼다.

소로는 이런 영적 체험의 정확한 본질이나 근원을 안다거나 이해한다고 주장하지 않았다. 신성은 이해할 수 없는 영역으로 남겨두었다. 그는 자신이 지금도, 앞으로도 절대 알지 못할 것을 나무는 안다고 썼다.

소로는 동시대에 활동한 윌리엄 컬런 브라이언트William Cullen Bryant[*]와 제임스 페니모어 쿠퍼James Fenimore Coope[**], 에머슨 같은 낭만주의 작가처럼 나무의 신성함을 묘사하는 글을 쓸 때 종교적인 비유를 사용했다. '어딘가 어슴푸레 성스러운 빛'이 눈 덮인 리기다소나무로 둘러싸인 공간을 가득 채운다고 쓴 글은 밀턴의 표현을 빌린 것이다. 교회 건물을 세운다고 해서 '인간의 손으로 짓지 않은 훨씬 웅장한 예배당을 신성모독 하고 파괴하는 것'에 면죄부가 생기지 않는다. 나무는 눈 오는 숲에서 은은한 빛을 '젖빛 유리창을 거쳐 오는 빛인 양' 받아들인다. 굽은 나무로 빽빽이 둘러싸인 숲길은 소로에게 '성가대의 노래를 들을 것 같은 기대감'을 안겨주는 '대성당의 측랑'처럼 보였다. 그는 경건한 어조로 나무를 신성하게 대했다. '나는 숲을 믿사오며, 초원을 믿사오며, 곡식이 자라는 밤을 믿사옵나이다.' 그는 사도신경[***]을 충실히 모방해 자기만의 경전을 썼다.

〈가을 빛깔〉에서 단풍나무는 '사례비가 얼마 안 들면서 영원히 붙박이로 있는 설교가'로서, '150년간 설교'를 해오며 수 세대를 섬긴다. 가을에는 나뭇잎이 기꺼이 '다시금 흙으로 돌아가는구나. 엎드러지고 나무 발치에 묵묵히 누워 썩어간다'. 이 글은 구약성경 〈창세기〉 3장

---

[*] 미국의 시인 겸 저널리스트.
[**] 미국의 소설가. 《모히칸족의 최후The Last of the Mohicans》《가죽 스타킹 이야기Leather Stocking Tales》 등을 썼다.
[***] 기독교의 신앙고백. 성부와 성자, 성령에 대한 믿음이 담겼다.

19절 '너는 흙이니 흙으로 돌아갈 것이니라'를 따라 한 것으로, 십자가라는 전통적인 기독교 상징처럼 묘하게 '나무'를 언급하기도 한다. 기독교적 표상에서 '타락the fall'은 인간이 죄악과 죽음에 예속된 상태를 뜻한다. 그러나 〈가을 빛깔〉을 보면 가을the fall은《월든》에서 봄이 그랬듯이 만물의 소생을 예고한다. 소로는 학창 시절에《뉴잉글랜드 초급 독본The New England Primer》에서 '아담이 타락하면서 우리 모두가 죄인이 되었다'고 배웠다. 그는 어른이 되었을 때 이 가르침을 재량껏 바꿔서 '새로운 아담이 부활하면서 우리 모두가 하늘에 이르리라'고 썼다.

소로가 10월 어느 날 배를 몰고 나무를 모으러 갔을 때, '죽은 비콜로르참나무의 큼지막한 통나무 곁을 지날 때면' 어김없이 배 안으로 끌어 올렸다. 통나무 한쪽 면은 녹색 이끼로 덮였다. 그가 통나무를 쪼갰을 때 뜻밖에도 이끼가 그대로 붙어서 아직 통나무에 남은 생명력을 다시금 일깨웠다. '이 오래된 그루터기가 은자와 요가 수행자처럼 서 있구나.' 그는 경건한 은둔자와 요가 수련인을 언급하며 적었다.

나무는 소로에게 불멸을 상징한다. 원래 제목이《월든 혹은 숲 속의 생활Walden : or Life in the Woods》인 그의 걸작은 숲 속 삶을 보여주는 우화—식탁에 매장된 곤충 이야기—로 끝난다. 60년 전에 만든 사과나무 식탁에 애벌레가 있었다. 곤충은 그 오랜 세월 동안 마른 널빤지에서 자고 있었다. 그러다 '아마도 찻주전자의 열에 부화되어' 밖으로 나오려고 널빤지를 갉아 먹는 바람에 그 식탁을 쓰던 농부와 가족을 깜짝 놀라게 하더니, '완벽한 여름날'을 누리는 것으로 대미를 장식했다. 소로는 '이 이야기를 듣고 부활과 불멸에 대한 믿음이 견고해지지 않는' 자가 있겠느냐고 묻는다. 어느 날 숲에서 얼음에 둘러싸인 잎이 없는 나무를 보았을 때, 그는 이 죽음이 아직 마침표가 아님을 알았다.

소로는 1850년대 후반에 삼림 역학에 몰두하면서 나무와 재생의 관계를 더 깊이 연구했다. 그는 숲이 재생하는 과정을 연구하면서 숲의 회복력과 생산력에 큰 감명을 받았다. 1860년 11월 25일에 한 유령림幼齡林*을 보았다. 소로가 기억하기로 15년 전에는 나무 한 그루 없던 폐목장을 리기다소나무, 스트로부스소나무, 자작나무가 빽빽이 채운 광경이었다. 그는 '고백컨대 나는 자연의 이 소멸 불가능한 생명력을 믿고 싶다'고 썼다.

당시 소로는 마흔세 살이었다. 하지만 그날 소로가 유령림에 대해 한 말에는 딱히 나이 들어 얻은 지혜가 반영된 것이 아니다. 그는 일을 시작한 25년 전쯤에 숲의 연속성에 담긴 정신적인 의미를 숙고했다. 소로가 스무 살 되던 1837년에 쓰기 시작한 일기 중 두 번째 글에서 그는 우리 영혼의 운명과 나무가 토지를 비옥하게 하는 과정의 유사성을 그려냈다. 우리가 살아가는 방법이 우리의 두 번째 성장이

---

* 어린나무로 구성된 숲.

이뤄지는 토양을 준비한다는 내용이다. '참나무는 껍질 안에 비옥하고 깨끗한 흙을 남겨둔 채 땅에 쓰러져 죽는다. 이런 식으로 어린 숲에 강건한 생명을 나눠줄 것이다.'

　　그는 《소로의 메인 숲》에서 나무의 영성을 단도직입적으로 선언한다. 소로는 소나무가 고상하게 쓰이고 천하게 쓰이는 천차만별의 쓰임새를 대조적으로 보여주고, 소나무를 오직 물질적 가치로 보는 벌목꾼과 무두장이 등을 날카롭게 비판하면서 글을 시작한다. '사람이 목재가 아니듯 소나무도 단순한 목재가 아니다.' 목재나 송진 때문에 소나무를 베어 넘기는 것은 사람 뼈로 '단추와 플래절렛'* 혹은 플루트를 만들려고 사람을 죽이는 것이나 다름없다.

　　소로의 글에 담긴 신앙적인 차원을 놓치지 않은 사람이 에머슨이다. 그는 소로의 장례식에서 비록 소로가 교회를 향해 '심술부렸다' 한들, 소로는 '귀하고 섬세하고 순전한 신앙이 있는 사람'이라고 말했다. 뭐가 되었든 '성격상 흠결이나 장애'가 그에 대한 우리의 기억을 흐려버릴지 몰라도 '그는 하늘의 뜻을 거역하지 않았다'.

---

* 플루트 계통의 목관악기.

하늘만큼
높이

기운을
되찾다

소로는 어느 여름날 나무를 스치는 바람 소리를 듣다가 자기 삶에 대해 하느님에게 깊이 감사하는 마음과 강렬한 기쁨이 북받치는 순간을 맞았다.

⚬~ 1851년 8월 17일 ~⚬

귀뚜라미 울음소리, 콸콸 흐르는 냇물, 나무 사이로 세차게 불어대는 바람, 이 모든 것이 침착하게 격려하듯이 들려주는 말은 우주가 꾸준히 앞으로 나아간다는 것이다. 숲 속의 바람 소리를 듣노라니 심장이 튀어나올 지경이다. 어제만 해도 내 삶은 종잡을 수 없고 천박하기 그지없었는데 바람 소리를 듣자니 나의 기운이, 나의 영성이 갑자기 회복된다. 고요하고 험악한 날에 황금방울새 한 마리가 종일 지저귀고, 머지않아 사색의 계절을 고할 쨱쨱대는 새 떼가 생각나는구나. 아! 이렇게 살 수 있다면 내 평생 방황하는 순간은 찾아오지 않을 텐데! 자잘한 열매가 익어가는 소소한 계절에는 내 열매도 무르익겠지. 자연과 내 기분이 늘 어우러지겠지! 자연의 일부가 유난히 무성해지는 계절마다 거기에 맞춰 나의 일부도 어김없이 무성하게 자랄 텐데. 아, 나는 자연스레 우러나는 경건한 기운 속에 걷기도 하고 앉아서 잠을 청하기도 하겠지. 개울가를 따라 걷다가 마치 새들처럼 즐거이 목청껏 기도하거나 묵상할 수도 있을 텐데! 기쁜 마음으로 땅을 껴안을 수도 있겠지. 그러다 즐거이 땅에 묻힐 테고.

…하느님께 감사드린다. 나는 어떤 것도 받을 자격이 없다. 최소한의 관심도 내겐 과분하지만 나는 기뻐할 운명이다. 나는 불결하고 쓸모없는 존재일진대, 세상은 금빛으로 빛나며 나를 즐겁게 한다. 나를 위한 휴일이 준비되었고, 내가 가는 길마다 꽃이 흩뿌려졌구나.

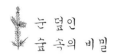

눈 덮인 숲 속의 비밀

눈 덮인 나무가 받아들이는 빛은 분명하고 깨끗하지만, 젖빛 유리창을 통해 들어오는 것 같아서 눈부시게 빛날 정도는 아니다. 태양의 광휘가 고스란히 간직될 수 있는 일종의 하얀 어둠이다.

굽은 나무로 빽빽이 둘러싸인 길을 얼핏 쳐다보면 대성당의 측랑 같고, 숲길 깊숙한 데서 성가대의 노래를 들을 것 같은 기대감이 든다. 나무는 우리보다 한참 앞서지만 우리가 나무의 심연에 그만큼 다다른 적은 없다. 우리가 머물지 않는 곳, 우리 발길이 절대 이끌 수 없는 바로 그곳에 나무의 비밀이 있다.

나는 몇 시간쯤 나보다 앞서간 여우를 뒤쫓아 걸었다. 어쩌면 이 숲에 사는 정령을 추적하는 듯한 큰 기대감으로 출발해 곧 굴에서 그 여우를 잡으리라 기대했을지도 모른다.

모습이 제각각인 나무가 눈을 맞는데, 눈이 쌓이는 모양은 눈을 맞는 잔가지와 잎사귀 모양만큼 천차만별이다. 이를테면 그 모양은 나무의 특징에 따라 미리 결정된다. 성스러운 정령 하나가 모든 것 위에 똑같이 내려앉지만 저마다 독특한 열매를

맺는 식이다. 눈송이가 들판과 바위 턱에 자리를 잡고 자기가
머무르는 틈새와 표면의 다양한 모양을 그대로 취하듯이, 신성
神性은 모든 인간에게 내려앉는다.

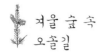

겨울 숲 속 오솔길

눈 덮인 광활한 평원은, 몸을 굽히고 반쯤 파묻힌 숲에 찾아든 여명은, 어찌하여 우리에게 기쁨을 주는가? 거기 모든 것이 미덕과 정의, 순수, 용기, 관대함과 어우러지지 않는가? 그 광경을 보고 우리는 기운이 나지 않는가? 이 모든 것이 수달의 삶보다 고귀한 삶의 행로에 해당하지 않는가? 아주 지나가진 않았고 단지 발자국을 남긴 삶. 하지만 그 아름다움과 음악과 향기와 감미로움으로 우리를 들뜨고 즐겁게 하는 게 있을까?

최상위 법에 따라 세상의 완벽한 정부가 있는 곳에는 눈에서든 땅에서든 혹은 우리 자신에게서든 정녕 지성의 흔적은 찾을 수 없는가? 개의 후각으로 찾을 수 있는 것 말고 다른 자취는 없나? 천사가 찾아내 따라갈 무언가는 없을까? 긴 여행길에 나선 이에게 강물로도 감춰지지 않는 길을 안내해줄 이는 아무도 없나? 감지할 만한 거룩함의 향내도 전혀 없을까? 그 흔적이 너무 오래된 걸까? 필멸하는 인간은 향기를 잃어버렸는가?

눈의 의미를 알아낼 수 있는 사람이라면 밤중에는 사방에 퍼진 더 고귀한 삶을 추적하지 않을까? 여우 사냥개의 감각보다 예

리한 판단력으로 여우보다 고귀한 어떤 것을 찾아다니고, 수렵
용 나팔 소리보다 웅장한 음악 소리에 모여드는 사냥꾼은 없
을까?

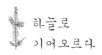 하늘로
기어오르다

~ 1859년 2월 15일 ~

소로의 스케치

저 멀리 흰자작나무, 안개 자욱한 허연 하늘을 배경으로 언덕에 곧추섰는데, 워낙 또렷한 검은색 가느다란 잔가지를 달아 하늘로 기어오르는 노래기처럼 보이는구나.

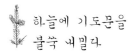

하늘에 기도문을 불쑥 내밀다

⌒ 1841년 2월 8일 ⌒

내 머리 위에 매달린 길가의 나뭇잎이 있어, 나뭇가지를 구부려 잎에 내 기도를 적었다. 그리고 놓아주니 가지는 내가 휘갈겨 쓴 글을 하늘에 불쑥 들이밀었다. 마치 그것을 내 책상에 넣고 숨겨두는 게 아니라 자연에서 볼 수 있는 어느 나뭇잎처럼 두루 공개하듯이. 잎은 강변에 있는 파피루스요, 초원에 있는 모조 피지요, 언덕에 있는 양피지다. 가을에 길을 따라 무리 지은 나뭇잎을 얼마든지 발견하듯 어디서나 찾을 수 있다.

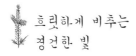

흐릿하게 비추는
경건한 빛

코너 길Corner road 오른쪽에 있는 리기다소나무 숲. 살을 에는
듯 추운 오후, 걸음. 라이스R. Rice는 자기가 키우는 벌이 얼어
죽지 않도록 지하실에 넣어두려고 눈을 헤치며 서드베리로 가
는 길이었다. 그에게는 작은 벌집이 있지만, 벌을 따뜻하게 해
주기에는 충분치 않았다. 리기다소나무는 눈을 잘 머금는다.
눈이 나무의 우상부羽状部＊에는 공 모양으로, 큰 가지 위에는 기
다란 줄 모양으로 누웠다. 아래 가지는 처져서 서로 만난다.
솔잎과 눈으로 된 지붕 사이로 흐릿하게 비추는 어떤 경건한
빛이 들어온다. 어두침침하게 땅거미가 지지만, 어느 곳에는 태
양이 빛과 그늘의 강한 대비를 이루면서 흘러 들어온다.

＊ 잔가지가 깃털 모양을 띠는 부분.

칠흑같이
어두운 숲

소로는 〈산책〉에서 예루살렘성전 맨 안쪽 공간을 뜻하는 라틴어 '지성소sanctum sanctorum'를 사용한다. 그리고 '메뚜기와 석청'을 먹는 세례요한의 성서적 이미지를 언급하기도 한다.

나는 다시 기운을 내볼까 싶을 때면 칠흑같이 어두운 숲, 빈틈 없이 울창하고 끝이 어딘지 알 수도 없으며 주민이 가장 음침한 습지로 꼽는 곳을 찾는다. 습지를 성지聖地—지성소—삼아 들어선다. 그곳에는 자연의 힘이 있다. 자연의 정수가 있다. 사람 손을 타지 않은 흙이 야생 숲을 덮는다. 그 흙은 인간에게도 나무에게도 좋은 것이다. … 한 성읍이 구원을 받는 것은 그 안에 있는 의인 덕분이기도 하지만, 그보다 그곳을 둘러싼 숲과 습지 덕분이다. 위쪽으로 원시림 하나가 굽이치고 아래쪽에서 다른 원시림이 사그라지는 마을. 그런 마을은 옥수수와 감자뿐만 아니라 다가오는 시대의 시인과 철학자를 키우기에 적합하다. 그런 땅에서 호메로스와 공자 같은 이가 자랐고, 그런 광야에서 메뚜기와 석청을 먹는 개혁가가 나온다.

〈산책〉

* 유대 광야에서 메뚜기와 석청으로 연명하며 이스라엘 민족에게 말씀을 전한 세례요한을 지 칭한다(신약성경 〈마태복음〉 3장 1~4절).

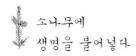 소나무에
생명을 불어넣다

3월에 분 강풍으로 소나무에서 일어난 빛의 움직임이 소로의 눈에는 소나무를 겨울에서 깨워내고 충격을 주는 전류처럼 보였다.

∽ 1859년 3월 19일 ∽

이 바람은 겨울잠을 자고 난 소나무의 생명과 빛을 깨우는 각성제 아닐까? 바람이 나무에게 최면을 걸고 그들을 매혹하고 흥분시킨다. 심지어 한낮에 봐도 솔잎에 비치는 것은 여전히 이슬 내린 아침의 빛이다. 이것은 소나무가 밝게 빛나며 각성하는 과정이며, 아마도 소나무 안에서 일어나는 수액의 흐름과 연관된 현상일 것이다. 나는 왠지 아버지의 번쩍이는 투구 장식을 본 어린 아스티아낙스* 같은 느낌이 든다. 마치 3월의 이 폭풍 속에서 전기가 소나무를 통해 땅에서 하늘로 흘러 나무에게 생명을 불어넣는 것 같다.

* 트로이의 왕자 헥토르와 그의 아내 안드로마케의 아들.

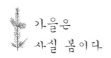

가을은
사실 봄이다

풍년화는 대단히 흥미로운 식물이다. 10~11월에 꽃을 피우는데, 아주 이른 봄이 떠오르게 한다. 풍년화 꽃이 버드나무 꽃차례처럼 봄 냄새를 풍겨서다. 향기도 빛깔도 새해가 밝아오는 새벽의 사프란을 닮았다. 그 꽃은 잎이 지고 서리가 내리는 등 가을을 알리는 온갖 신호가 나타나는 중에도, 영원토록 자연이 번영하는 원동력인 자연의 고유한 삶이 아무런 영향을 받지 않음을 보여준다. 풍년화가 이쪽 비탈 그림자 속에 있는데, 언덕 너머에서 오는 햇빛이 맨 위쪽 작은 가지와 노란 꽃을 환히 밝힌다. 마디가 있고 앙상한 가지는 다른 가지와 혼동될 리 없다. 나는 그 큰 가지 아래 기분 좋게 드러눕는다. 잎은 떨어지지만 꽃이 피어난다. 가을은 사실 봄이다. 1년 내내 봄이다. 찌르레기 두 마리가 머리 위로 높이 남쪽으로 가는 게 보인다. 하지만 나는 이 풍년화 꽃과 함께 머릿속에서 북쪽으로 향한다. 그곳은 요정의 나라다. 이런 것이야말로 영혼의 불멸성을 보여주는 한 단면이다.

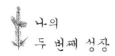

나의
두 번째 성장

소로는 스무 살이던 1837년에 쓰기 시작한 일기 첫 장에 우리 영혼의 운명을 나타내는 은유로 나무의 분해 과정에 대해 썼다.

∽ 1837년 10월 24일 ∽

자연의 모든 면면은 한 생명의 소멸이 다른 생명을 위한 공간을 마련하는 것임을 가르쳐준다. 참나무는 껍질 안에 비옥하고 깨끗한 흙을 남겨둔 채 땅에 쓰러져 죽는다. 이런 식으로 어린 숲에 강건한 생명을 나눠줄 것이다. 소나무는 메마른 모래흙을 남기고, 더 단단한 나무는 굳세고 기름진 흙을 낸다. 이렇게 끊임없이 닳아 없어지고 썩어가는 것은 장차 내 성장의 밑거름이 된다. 나는 지금 살아가는 대로 거둘 것이다. 내 안에서 지금 소나무와 자작나무가 자란다면, 한 번도 쓰이지 않은 나의 흙으로는 앞으로 참나무를 키워내지 못할 것이다. 하지만 소나무와 자작나무, 어쩌면 잡초와 가시나무도 두루 자란다면 나중에 나의 두 번째 성장을 이루는 토대가 될 것이다.

하늘만큼
높이

소로는 메인 지역에 들렀을 때, '콩코드라면 단 한 번 산책에서' 봄 직한 많은 스트로부스소나무를 메인에서는 보지 못했다고 썼다. 그는 사람들이 스트로부스소나무의 진정한 가치를 모르는 탓에 나무가 사라졌다고 느꼈다. 아래 글에서 소로는 스트로부스소나무에 대한 나름의 견해를 밝히며, 이 나무도 소로 못지않게 영원히 지속될 정신이 있다고 단언한다.

고래수염과 고래기름의 가치를 조금 아는 사람이 고래의 진정한 용도를 찾았다는 말을 들을 수 있을까? 상아 때문에 코끼리를 죽이는 사람이 과연 '코끼리를 보았다'고 할 수 있을까? 이런 것은 사소하고 부수적인 쓰임새일 뿐이다. 마치 더 강한 종족이 우리 뼈로 단추와 플래절렛을 만들겠다며 우리를 죽이는 것과 다름없다. 모든 것은 더 고상한 용도는 물론이고 더 하찮은 용도로도 쓰일 수 있다.

…그렇다면 소나무의 친구이자 연인이고 가장 가까이 있으며 나무의 속성을 가장 잘 이해하는 이는 벌목꾼일까, 나무껍질을 벗긴 무두장이일까? 아니면 송진을 얻으려고 나무에 흠집을 낸 자일까? 후대에 남을 전설 속에 결국 소나무로 화했다고 기록

될 자일까? 아니지! 아니고말고! 소나무의 친구이자 연인은 바로 시인이다. 그는 소나무를 가장 진실하게 사용하는 사람이다. 소나무를 도끼로 어루만지지 않고, 톱으로 간질이지 않으며, 대패로 쓰다듬지도 않는 이. 굳이 잘라보지 않고도 나무의 속이 부실한지 알고, 나무가 서 있는 마을의 입목 벌채권도 사지 않는 이. 시인 말고 앞서 말한 자가 숲에 발을 들이면 모든 소나무는 몸서리치고 한숨을 내쉰다. 아니, 이번에는 시인이다. 공중에 드리운 자신의 그림자처럼 소나무를 사랑하고 가만히 서 있게 두는 이. 나는 목재 하치장과 목공소와 무두질 공장과 유연(油煙)* 공장과 송진 채집지에 가본 적이 있다. 그런데 소나무 꼭대기가 일렁이며 저 멀리 높은 데서 온 숲으로 빛을 반사하는 광경을 보았을 때, 비로소 앞서 다녀온 곳이 소나무를 가장 훌륭하게 쓰는 게 아님을 깨달았다. 내가 가장 사랑하는 것은 소나무의 뼈대도, 껍질도, 수지도 아니다. 나와 교감하고 내 상처를 치유하는 것은 송진의 정기가 아니라 소나무의 살아 있는 정기다. 소나무는 나와 다를 바 없는 불멸의 존재이며, 아마 하늘 높이 이르러 거기서도 묵묵히 내 위로 우뚝 솟아 있을 것이다.

《소로의 메인 숲》

* 인쇄용 흑색 잉크의 원료.

콩코드의 슬리피홀로묘지에 있는 소로의 무덤 위로 우뚝 솟은 소나무

Part 06

소로 인생의 상징, 소나무

소로는 참나무의 강건함, 참피나무의 아름다움, 세로로 홈이 파진 느릅나무의 우아함, 야생 사과나무의 자유분방함을 사랑했다. 그중에도 소나무, 특히 스트로부스소나무에 대한 애정은 단연 최고였다. 그 소나무는 소로에게 '인생의 상징'이었다. 그의 글을 보면 다른 수종에 비해 소나무가 자주 등장한다.

소로는 감각적 이미지를 써서 소나무를 효과적으로 묘사했다. 세상 사람에게는 소나무에서 나는 진하고 향긋하고 그윽한 '향이 전혀 나지 않는다'며, 소로는 '굳은 빵 한 조각에 목매는 굶주린 사람처럼' 결핍에 시달린 뒤에 소나무 숲으로 돌아갔다.

소로는 1845년 4월에 집을 지으려고 월든 호숫가에 있는 어린 스트로부스소나무를 베었을 때 그 소나무에 대해 더 깊이 알았다. 그가 소나무 몸통을 잘라 기둥을 만들려고 애쓰는 동안 손과 옷에 송진이 하도 많이 묻어, 그날 정오에 버터 바른 빵에도 소나무 냄새가 날 지경이었다. 그는 월든에 사는 동안 '나의 제일 좋은 방'은 집 뒤에 있는 소나무 숲이었다고 말했다. 그곳은 소로가 여름 손님을 맞는 기품 있는 '응접실'이고, '바닥을 쓸고 가구의 먼지를 터는 아주 귀한 가정부'가 정리 정돈하는 곳이었다.

그는 집을 짓고 14년 뒤에 소나무를 자른 것을 만회했다. 스트로부스소나무 씨앗 1/4파운드(113그램)를 심은 것이다. 소로의 친구이자 스승인 에머슨이 월든 호수 북서쪽에 산 적이 있는데, 그곳 조림지에서 1달러를 주고 사 온 씨앗이다. 그 숲은 에머슨이 떠나고 몇 년 사이에 화재로 심하게 망가졌다. 소로는 조지 헤이우드와 프리먼 브리스터의 조림지에서 스트로부스소나무 묘목 400그루를 가져다가 예전에 가꾸던 콩밭에 옮겨 심기도 했다. 이때 그늘에서 자라는 '호리호리한 진녹색 묘목'보다 탁 트인 양지에서 자라는 30센티미터짜리 작고 가지가 무성한 묘목을 골랐다. 인부 둘을 고용하고 말 한 마리가 끄는 마차의 도움을 받아 묘목을 '다이아몬드 식으로' 4.5미터씩 떨어뜨려 심었다. 그 소나무는 1938년 허리케인으로 마지막 한 그루가 쓰러지고 나서야 소로와 관련된 나무라는 사실이 알려졌다.

소로는 스트로부스소나무의 곧추선 자세에 끌리기도 했다. 다른 침엽수의 가지는 축 늘어져서 기운 없어 보이고, 어떤 리기다소나무는 굽기도 한다. 그러나 스트로부스소나무는 고개를 숙이는 법이 없다. 돌려나는 가지가 나무 몸통과 거의 수평을 이루며 밖으로 쭉 뻗은 상태를 유지하는데, 층층이 점점 줄어 탑처럼 보인다. 아래쪽 가지는 무거운 눈 때문에 축 처질 수 있지만, 이 소나무의 척추는 굽지 않는다. 소로는 이 부분에서 덕성을 보았다.

소로가 스케치한 소나무의 꼿꼿한 자세

미국 역사에서 다른 나무는 이토록 큰 역할을 수행하지 못했다. 스트로부스소나무는 로키산맥 동쪽에서 가장 큰 나무다. '북미 숲에 사는 이 고대의 장엄한 거주자는 숲의 산물 중에 여전히 가장 높이 솟은 제일 귀중한 몸이다.' 프랑스의 식물학자 프랑수아 앙드레 미쇼가 1819년에 출간한 권위 있는 개론서 《북미 수림지》에 적힌 글이다. '이 나무의 꼭대기가 주변 나무의 정수리보다 한참 위에서 하늘로 솟은 모습이 까마득히 먼 데서 보인다.' 1846년에 자연주의자 조지 배럴 에머슨─랠프 월도 에머슨의 사촌─은 매사추세츠의 숲을 측량할 때 스트로부스소나무를 '자생 수종 중에 월등히 제일 큰' 나무로 불렀다.

영국의 탐험가 조지 웨이머스는 1605년 영국 해군의 정찰 임무를 수행하다가 메인주 해안가에 늘어선 키 큰 스트로부스소나무를 보고 아주 기뻐했는데, 이 나무의 아름다움에 매료된 게 아니다. 완벽히 쭉 뻗은 나무 몸통이 돛대에 안성맞춤이어서 기뻐했다. 영국은 스트로부스소나무 숲이 고갈돼 돛대용으로 새로운 자원이 절실하던 참이었다. 당시에는 구주소나무의 몸통을 짜 맞춰 쓰고 있었다. 그렇게 결합한 돛대는 부실했고, 덴마크와 스웨덴은 구주소나무 공급을 통제했다. 스트로부스소나무가 해답이었다. 이 소나무의 목재는 가볍고 무르지만, 무게에 비해 튼튼하고 거의 썩지 않는다.

소나무가 뉴잉글랜드 정착민에게 중요한 재원이었고, 그들은 소나무를 원하는 대로 소비할 권리가 있다고 여겼다. 하지만 큼직한 소나무가 숱하게 베여 넘겨졌고, 왕실의 사무관이 키가 제일 크고 깨끗한 나무에 왕의 소유라는 표시를 하기 시작했다. '왕의 굵은 화살촉 도장'을 무시하면 가혹한 처벌이 뒤따랐다. 격분한 식민지 사람들은 스트로부스소나무를 자유와 저항의 상징으로 삼았다. 1066년 이후 영국의 새로운 노르만인 왕이 처음으로 삼림법을 부과해 로빈 후드와 그의 명랑한 반란 조직이 셔우드 숲을 지배한 상황과 비슷했다. 영국의 무장 요원이 뉴잉글랜드의 강을 따라 두루 퍼져 제재소를 부수고 태웠을 때, 간혹 원주민으로 위장한 마을 전체가 밤중에 요원의 진영을 공격하고 그들의 배를 침몰시켰을 때 혁명의 첫 번째 전투가 1775년보다 수십 년 앞서 시작되었다는 주장이 나올 만하다. 독립 전쟁 당시 미국 병사가 처음 든 깃발에 스트로부스소나무가 있다는 사실은 놀랄 일도 아니다.

소나무는 경제적으로도 중요했다. 소나무 목재는 기둥, 널빤지, 물막이 판자, 지붕널, 가구, 장식용 쇠시리, 들통, 상자 등으로 변신했다. 교량 기둥, 첨탑, 괭이 손잡이, 배의 늑재肋材˙도 소나무로 만들었다. 이런 제품을 만들고 종이, 역청, 테레빈유˙˙를 내기 위해 소나무를 가공하고 어마어마한 양을 수출하는 과정은 거주민의 경제는 물론 나아가 신생국가를 이끄는 원동력이 되었다.

˙ 선박의 늑골을 이루는 재료.
˙˙ 소나무에서 얻는 무색의 정유. 송진으로 만든다.

추측컨대 소로의 시대에는 키 큰 스트로부스소나무가 없었다. 비교적 최근까지 임학 교재에서 이 수종의 최대 높이를 24~30미터로 제시했다. 뉴잉글랜드의 초기 정착민이 말하는 높이 60미터짜리 소나무에 관한 이야기는 오랫동안 미심쩍은 소리로 들렸다. 하지만 지난 20년간 자발적으로 모임을 구성한 수목 연구자들이 북동부에서 전설의 높이 60미터에 가까운 소나무를 상당수 발견했다.

자생수종협회Native Tree Society는 레이저 거리 탐지기를 비롯해 엄격한 방법과 신기술을 동원해 55미터에 달하는 스트로부스소나무 7그루를 발견했다. 전부 조지아에서 펜실베이니아에 이르는 애팔래치아산맥에서 찾아냈다. 놀랍게도 소로가 사는 주가 이 거목을 가장 많이 생산하는 곳으로 꼽힌다. 매사추세츠에는 45미터가 넘는 스트로부스소나무 170그루가 있는데, 뉴잉글랜드의 6개 주 가운데 가장 많다. 그중 20그루는 현재 48미터가 넘는다.

높이 45미터로 알려진 매사추세츠 최초의 살아 있는 나무는 1991년에 확인되었다. 이 나무는 매사추세츠 서부에 있는 먼로 주유림Monroe State Forest의 던바 개천Dunbar Brook 위쪽 가파른 비탈에 있다. 처음 확인된 후 사람들이 수차례 이 나무에 오르고 높이를 측정했다. 자생수종협회 공동 창립자 로버트 레버렛Robert Leverett이 2015년 말에 알아낸 바에 따르면 이 소나무는 높이 48.8미터, 둘레 4.05미터이고, 몸통과 큰 가지가 28세제곱미터를 차지한다—매사추세츠에서는 보기 드문 나무 부피다.

매사추세츠에는 둘레 4미터, 높이 48미터에 달하는 스트로부스소나무가 2그루 있는데, 이 나무가 그중 하나다. 레버렛은 이 소나무를 헨리 데이비드 소로 소나무라고 이름 붙였다. 소로의 어머니가 신시아 던바Cynthia Dunbar라는 점도 그의 선택에 타당성을 더한다. 레버렛은 이 나무가 '매사추세츠에서 가장 중요한 스트로부스소나무'라고 말했다.

스트로부스소나무는 자연주의자로서 소로가 진행한 연구의 핵심 주제다. 그는 이 소나무의 씨앗이 공중을 떠도는 기발한 방식에 경탄했다. 소로는 스트로부스소나무가 숲의 '경보병'이라고 말했다. 이 소나무는 농부가 포기하거나 화재로 전소된 땅을 복구하기 위해 맨 먼저, 가장 긴 보폭으로 한 계절 만에 하늘을 향해 60~90센티미터 훌쩍 자란다.

소나무
찬가

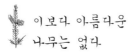

이보다 아름다운
나무는 없다

존 플린트의 목초지에 있는 길에서 서쪽에 위치한 아름답고 차분한 스트로부스소나무 숲을 걸었다. 나무는 덩치가 크지만 서로 충분히 공간을 두고 있어서 땅에 풀이 많았다. 큰 소나무는 지름이 60센티미터 이상인 가지를 지면에서 60센티미터가 안 되는 높이에서 옆으로 뻗어 그 큰 가지에 사람이 앉을 수도 있다. 나무는 바람이 음악을 연주하는 거대한 하프 같기도 하다. 이보다 아름다운 나무는 없다. 줄기와 가지를 완전히 감춘 연한 청록색 부드러운 잎은 각기 다른 발달단계를 보여주는데, 빛이 들지 않는 부분의 짙은 가로선으로 구분된다. 솔잎의 얇은 조각이 마치 가벼운 양털 더미 같다.

완벽한
직립성

지금까지 본 가장 멋진 스트로부스소나무로 꼽는 나무를, 무려 메인주 철길 옆에서 보았다. 내가 옆에 서서 본 나무는 지면에서 60센티미터 높이의 지름이 못해도 105센티미터는 되었다. 그리고 다른 몇 그루처럼 따로 큰 가지 없이 적어도 18미터 높이까지 완벽히 일직선으로 솟았다.

나는 이 나무가 실제보다 작아 보였기 때문에, 단지 엄청난 크기에 놀란 것은 아니다. 완벽한 직립성을 띠고 원통형에 매끄러운 자태를 보여주며, 새로운 양식의 인조 기둥처럼 굵기가 거의 가늘어지지 않는 점에도 많이 놀랐다. 몸통은 아주 둥근 모양이라 실제보다 매끄러워 보였고, 중간중간에 밝은색 지의류가 띠를 이뤘다.

이 소나무의 독보적인 아름다움이 워낙 인상 깊어, 길에서 벗어나 나무를 눈여겨볼 수밖에 없었다. 나무는 멋진 원통형에 수직으로 쭉 뻗어서 내 눈이 미끄러지고 말았다. 마치 에나멜로 처리한 표면처럼 끝손질하고 광까지 낸 나무 같다는 인상을 받았다.

소나무가
보낸 신호

떠돌던 시선이 계곡을 가로질러 건너편 소나무 숲에 다다랐다. 숲 방향에서 내게 말을 거는 무엇을 발견했다. 아무래도 내가 자연에게 신호를 보내달라고 청한 기분이 든다. 내 시선을 끈 게 무엇이었는지는 모른다. 어쨌든 내가 본 어떤 것에 순간적으로 기쁨을 느꼈다. 틀림없이 내 시선은 반가이 스트로부스소나무에 머물렀다.

그 나무는 이제 은빛을 발하고, 가지는 현무암 구조물처럼 끝없이 겹겹으로 층을 이룬다. 수평의 여러 층으로 된 소나무 절벽이 흔들리는 듯 보인다. 소나무 하나하나가 땅에 박힌 거대한 녹색 깃털 같다. 무수한 흰색 소나무 가지가 위로 겹치고 앞뒤로 겹쳐서 가로로 뻗었다. 가지마다 사이사이 어두운 틈을 안은 채 은빛 햇살의 무게를 짊어진 채로.

…눈으로 숲 여기저기를 살피는 동안 다람쥐가 내 뒤에 있는 나무 위로 올라갔다. 어쨌든 나는 오후 산책으로 소나무에게 일종의 인정을 받았다. 축하를 받은 것도 같다.

공기
지표계

솔잎은 공기 지표계다. 공기 성분에 무슨 변화라도 생기면 녹색이 더 선명해지거나 움직임이 많아지면서 숙련된 눈에 그 변화가 포착된다. 솔잎은 자동 표시기다. 지금 스트로부스소나무의 잎은 창백하고 흐릿한 청색이다. 곧 선명한 은색이 솔잎에서 움직이자 솔잎이 바짝 곧추서는 것처럼 보이고, 그 사이 리기다소나무는 평소보다 밝은 황록색을 띤다. 태양은 소나무 가지에 아늑하게 자리 잡고 가지 사이로 햇살을 비추기 좋아한다.

소로의 스케치

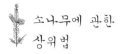 소나무에 관한.
상위법

소나무가 어떻게 살아가고 성장하며 빛을 향해 늘 푸른 가지를 들어 올리면서 뾰족하게 솟아오르는지 보려고—소나무가 이룬 완벽한 성과를 확인하려고—숲에 오는 사람이 거의 없다니 이상할 따름이다. 대부분 시장에 늘비한 널빤지 모양으로 소나무를 보는 데 만족하고, 거기서 소나무의 진정한 성과를 판단한다.

그러나 사람이 목재가 아니듯, 소나무도 단순한 목재가 아니다. 인간이 죽으면 거름으로 쓰는 것이 인간을 가장 충실하게 제대로 이용하는 방법이 아니듯, 소나무를 베어 널빤지와 집 만드는 데 쓰는 것은 진정 소나무를 잘 이용하는 게 아니다. …모든 생명체는 죽은 것보다 산 것이 낫다. 사람도, 무스도, 소나무도 그렇다. 이 점을 제대로 이해하는 사람이라면 모든 것의 생명을 파괴하기보다 보존할 것이다.

《소로의 메인 숲》

191

훌쩍
자라다

소나무는 참으로 순식간에 불쑥 자라서 목초지를 가득 채우는
것 같다. 오늘 풀이 거의 없는 목초지를 우연히 지나가다가, 지
난해까지 검은딸기 덩굴만 있던 들판에 어린 스트로부스소나
무가 군데군데 선 광경을 본다. 가만 보니 그 어린나무가 이미
소 떼에 숱하게 훼손되거나 상했다. 소는 머리를 긁으려고, 혹
은 재미로 나무에 달려들었다(소의 습성이다). 제일 긴 싹은 부러
뜨리고 나머지는 구부리는 식이다.

…나는 1~2년 뒤에 바로 그 들판을 지나가다가 신생 조림지
가 무성한 광경에 깜짝 놀란다. 물론 근처에 사방이 트인 공간
이 많아도 이제는 소가 못 들어오게 울타리를 꼼꼼히 쳐놓았
다. 농장주가 좀 더 선견지명이 있어서 몇 년 일찍 자연을 거들
었다면 나무가 얼마나 많이 자랐을까 하는 생각이 든다. 소나
무는 한 계절에 60~90센티미터씩 자라 하늘로 뻗어 나가면서
수풀 한복판에 자리 잡은 다양한 활엽수에게 은신처를 제공하
기도 한다.

나를
따르라

～ 1860년 10월 19일 ～

소나무 두세 그루가 자기들이 가장 좋아하는 전장인 평원으로 400미터를 빠르게 전진하면서 바위나 거기 있음 직한 울타리를 최소한의 은신처로 활용하고, 그 뒤에 단단히 몸을 숨길 것이다. 혹시 예민한 사람은 소나무의 우상부가 나부끼는 모습을 볼 수도 있다. 내가 말했듯이 그들은 다리도 없는 너른 강을 건너서 가파른 언덕을 순식간에 올라, 그곳을 영원히 차지할 것이다.

… 소나무는 맨 먼저 가장 큰 걸음으로 전진한다. 참나무는 일부러 후미에서 행진한다. 소나무는 정찰병과 척후병을 공급하는 경보병대이자 정예 보병이다. 참나무는 밀집 대형을 이루는 강인하고 걸음이 묵직한, 장신의 보병이다.

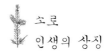 소로
인생의 상징

소로는 콩코드의 노스 다리North Bridge 위쪽 언덕에 서서 습지 가장자리에 있는 키 큰 스트로부스소나무 한 그루를 바라봤다. 나무는 마치 도시에서 추방당한 자 같았다. 소로는 이 나무를 자신의 상징으로 삼았다. 오른쪽 사진에 나오는 스트로부스소나무는 1991년에 높이 45.7미터로 측정된 매사추세츠 1호 나무다. 먼로 주유림에 있는 이 소나무 높이를 최근에 레이저 거리 탐지기로 측정해보니 48.8미터에 달한다. 이는 매사추세츠에 있는 48미터가 넘는 소나무 17그루 중 하나다. 이 첫 번째 거목에는 헨리 데이비드 소로 소나무라는 이름이 붙었다. 이 소나무를 잘 알고 사랑한 사내에게 어울리는 상징이다.

~ 1852년 4월 21일 ~

우리가 배틀그라운드Battle - Ground에 있는 기념비 곁에 섰는데, 오후 5시 30분쯤 리 언덕 바로 북쪽 지평선에 있는 스트로부스소나무 한 그루가 희미하게 눈에 들어왔다. 곧추선 줄기와 가로로 곧게 뻗은 깃털 모양 가지가 보이는가 하면, 개똥지빠귀 울음소리도 들렸다. 서로가 서로를 북돋웠다. 그 소나무는 내 인생의 상징 같다. 서부와 야생을 상징하는 나무다. 그 나무가 눈에 띄어 나도 반갑지만, 날갯짓에 지친 새도 나무를 보고 고마워한다. 나한테 들리는 음악이 대부분 개똥지빠귀의 노랫소리인지, 나뭇가지에서 나는 소리인지 모르겠다. 내 재산은 1실링짜리 은화에 주조된 소나무가 전부일 것이다. 개간지 가장자리에 있는 그 소나무는 큰 가지가 서쪽을 가리킨다. 마을에서는 그 나무가 공원이나 길가에 자라도록 용납하지 않는다. 그러니 마을에서 추방당할 수밖에. 그 소나무 가지에 까마귀와 매가 둥지를 틀었다.

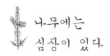

나무에는 심장이 있다

관목참나무 평원 너머 멀리 서쪽으로 스트로부스소나무 숲이 석양에 빛났다. 희미하게 보이는 잿빛 나무줄기가 달린 부드러운 깃털 모양 숲은 오두막집 문간에 다다른 사람처럼 온화한 인간성을 풍기며 평원 끄트머리에 기다리고 선 모습이라, 내 마음을 사로잡았다. 실로 나무에는 심장이 있다. 태양은 잡목림 너머로 멀리 얼마간 애정을 품은 작별의 햇살을 곧장 보내는 듯하고, 나무는 자식과 함께 있는 정착민 무리처럼 감사한 마음으로 조용히 빛을 받는다.

나는 소나무를 보며 사람 같다는 인상을 받았다. 수증기가 조금 섞인 구름이 나무 위로 높이 떠다니는 사이, 서쪽에는 빨갛게 달아오른 소나무 수풀 뒤로 해가 서둘러 모습을 감추고 태산 같은 황금빛 구름이 지평선 언저리를 지났다.

이 세상에서 소나무만큼 어떤 허물도 없이 우뚝 선 존재는 없다.

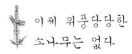
이제 위풍당당한
소나무는 없다

1851년 12월 30일, 소로는 월든 호수 근처 숲에서 톱질 소리를 들었다. 그는 오르막길에서 두 남자가 마을에 남은 가장 큰 소나무 중 하나를 베어 넘기는 광경을 봤다. 30미터 높이로 곧게 자란 그 소나무는 지난 벌목 작업에서 살아남은 '당당한 생존자'였다. 예리한 관찰과 극적인 서사와 도덕적 분개가 합쳐진 소로의 설명은 위풍당당한 나무에게 어울리는 송별사 같다.

〜 1851년 12월 30일 〜

그들은 이 웅장한 나무의 몸통을 갉아 먹는 비버나 벌레처럼 보였다. 몸통을 제대로 가로지르지도 못할 동가리톱을 든 조그마한 난쟁이 같았다. …나는 나무가 언제쯤 움직이기 시작하는지 유심히 지켜봤다. 그들은 이제 톱질을 멈추고 나무가 더 빨리 쓰러지도록, 기울어진 쪽 옆구리에 도끼질을 해서 틈을 약간 냈다. 또다시 톱질이 이어졌다. 이제 확실히 나무가 넘어가 20도 남짓 기울었다. 숨을 죽인 나는 나무가 곧 완전히 쓰러지겠구나 생각했다. 그런데 내 예측이 틀렸다. 나무는 꼬떡하지 않았다. 처음과 똑같은 각도로 섰다. 쓰러지려면 15분은 더 있어야 했다. 나무는 마치 100년은 더 서 있을 운명이라는 듯 바람에 가지를 흔들고, 바람은 예전처럼 솔잎 사이로 쏴쏴 불어댔다. 이 소나무는 여전히 숲의 나무이자, 머스케타퀴드[*]를 굽어보며 바람에 물결치는 가장 위풍당당한 나무다. 솔잎에 반사된 햇빛이 은빛으로 반짝였다. 나무는 사람 손이 닿기 힘든 갈래 부분을 다람쥐의 보금자리로 내어준 채 있다. 이끼 한 점도 돛대 같은 나무줄기를 저버리지 않았다.

자, 이제 그 순간이 왔다! 나무 밑동에 있던 난쟁이가 범죄 현장에서 줄행랑쳤다. 범죄 도구인 톱과 도끼를 내동댕이쳤다. 나무는 어찌 이리 서서히 장엄하게 넘어가는가! 여름날 산들바람에 흔들리다 한숨 한 번 짓지 않고 공중의 자기 자리로 돌아갈 것만 같았다. 나무는 넘어지면서 산허리에 바람을 일으켰다. 지금껏 서 있느라 지친 전사처럼 초록빛 망토를 두르고, 다시는 거기서 일어나지 못할 계곡의 자기 침상에 깃털처럼 부드럽게 드러누웠다. 말없이 기뻐하며 대지를 껴안은 나무는 자기 몸의 성분을 흙으로 돌려보냈다. 귀 기울여보라! 당신은 보기만 했지 듣지는 않았다. 이제 귀청이 터질 것 같은 굉음이 이쪽 암벽까지 들려온다. 나무도 죽을 때는 신음을 낸다는 것을 알리는 소리다. 나무는 서둘러 대지를 끌어안고 제 몸의 성분을

<hr />

[*] 아메리카 원주민이 콩코드 지역을 지칭하던 말.

흙과 뒤섞는다. 모든 것이 또다시 잠잠해져 눈에도, 귀에도 적막이 깃든다.

우아하던 우듬지는 마치 유리로 만들어진 물건처럼 산비탈에 완전히 박살 났고, 나무 꼭대기에서 한 해 동안 자란 어린 솔방울은 속절없이 빌었건만 나무꾼의 자비를 구하기에 너무 늦었다. 나무가 저 상공에 차지하던 공간은 장차 200년간 비겠지. 이 나무는 이제 재목일 뿐이다. 나무꾼이 하늘을 황폐하게 만든 것이다. 봄에 물수리가 머스케타퀴드 강기슭에 돌아와서 익숙한 쉴 곳을 찾으려고 부질없이 맴돌 것이다. 큰 매는 자기 새끼를 지켜줄 만큼 높이 솟았던 소나무를 애도할 테고. 장장 200년 세월에 걸쳐 단계별로 하늘을 향해 솟아오르며 완성체가 된 식물 하나가 오늘 오후에 소멸하고 말았다. 올 1월 날씨가 풀릴 무렵까지 우듬지의 어린 가지들이 다가올 여름날을 예고하며 쑥쑥 뻗어 나갔는데도. 왜 마을에서 조종을 울리지 않는가? 조종 소리가 전혀 안 들리고, 거리에도 숲의 샛길에도 문상객 행렬 하나 보이지 않았다. 다람쥐가 다른 나무 위로 뛰어올랐다. 매는 저 멀리서 맴돌다가 새로운 둥지에 자리를 잡았지만, 나무꾼이 그 나무의 밑동에도 도끼질할 준비를 한다.

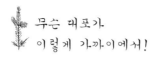

무슨 대포가
이렇게 가까이에서!

소로가 이튿날 다시 가서 쓰러진 거목을 측정하는 동안 나무껍질 바로 안쪽에서 눈물 같은 것이 흘렀다. 나무는 지름 1.2미터, 길이 32미터였다.

⌒ 1851년 12월 31일 ⌒

소나무는 믿기지 않을 정도로 크구나! …5~10미터 떨어져서 보면 그 나무는 구식 가옥의 문지방이나 들보에 제격인 정도로 보인다. 이 정도면 후하게 쳐준 것이라고 생각할 것이다. 나무 밑동 가까이에 가서 돌출된 나무 발등 하나에 올라서서 자기 눈알의 지름과 그 나무의 지름을 비교해보고 나서야 나무의 너비를 실감한다. 그 옆에 서서 세상의 반이 어떻게 가로막혔는지 확인해보라. 이런, 현관문만큼 넓구나. 5~10미터 떨어져서 볼 때는 가느다란 화살이나 말뚝이던 것이, 손이 닿게 가까이에서 보니 이 무슨 투석기요, 파성퇴요, 거대한 식물 괴수요, 대포인가! 큰 통 하나를 마련해 줄자를 대보라. 자가 일순간에 줄어드는 듯할 것이다. 가져간 우산은 원래 크기의 반밖에 안 되는 것 같다.

송진
눈물

숲이 초토화된 페어헤이븐 남쪽 언덕에 커다란 스트로부스소나무 통나무가 사방에 쌓였다. 나는 거기를 기어오르다가, 톱으로 켠 가장자리에 수정 같은 송진 방울이 두툼하게—방패같이 두툼하게—이슬처럼 맺혀 반짝이는 광경에 끌렸다. 마치나무의 요정이나 솔숲 정령이 나무가 쓰러진 데서 철마다 눈물을 흘린 것 같았다. 이 테레빈성性 방울 혹은 하늘에서 증류해파르르 떨어지는 이슬방울의 흠잡을 데 없는 성실함은 놀라울따름이다. 이것이 만지면 반드시 손이 더러워지는 송진이란 말인가?

별이
떨어졌다

소로는 스트로부스소나무에 한번 기어올랐다가 세상을 보는 관점이 달라졌다. 〈산책〉을 보면 그가 소나무 꼭대기에서 원추형으로 우아하게 핀 붉은 꽃을 따기 위해 나무에 오른 일에 대해 이야기한다. 꽃의 아름다움이 지척에 있는 동시에 너무나 멀리 있다는 사실이 소로에게는 우리와 자연의 관계를 상징하는 은유 같았다.

우리는 대지를 껴안고 산다. 하지만 대지 위로 오르는 일은 얼마나 드문가! 우리가 직접 좀 더 높이 올라갈 수 있다는 생각이 든다. 하다못해 나무에 오를 수도 있다. 내가 한번 나무에 오른 적이 있다. 분명 득이 되는 일이었다. 언덕 꼭대기에 있는 키 큰 스트로부스소나무에 올라갔다. 비록 송진으로 칠갑했지만 충분히 보상받았다. 지평선에서는 한 번도 본 적 없는 새로운 산맥을 발견했고, 그만큼 대지와 창공을 훨씬 많이 봤기에. 나는 평생 나무 발치 주변만 걸어 다녔을 텐데, 그러면 틀림없이 보지 못했을 광경이다. 하지만 무엇보다 내 주변에서 발견한 것이 있다.

그때가 6월 말이다. 제일 높은 나뭇가지 끝에 아주 작고 우아한 원추형 붉은 꽃이 몇 송이 있었다. 소나무 가지 끝에서 하늘을 올려다보는 임성화稔性花*다. 나는 맨 꼭대기 가는 줄기를 곧장 마을로 가져갔다. 마침 법정 주간이라 길을 걸어가던 낯선 배심원과 농부, 목재상, 벌목꾼, 사냥꾼에게 보여주었다. 누구 하나 예전에 그 비슷한 것도 본 적이 없는지라 땅에 떨어진 별을 본 듯 신기해했다. 소나무는 오랜 세월 여름마다 제일 높은 가지에 우아한 꽃을 피워왔건만, 땅에 있는 농부든 사냥꾼이든 좀처럼 그 꽃을 본 적이 없다.

〈산책〉

---

* 완전한 암술을 가지고 꽃이 핀 다음에 열매를 맺는 꽃.

Part 07

느릅나무에게 기사 작위를 수여하다

존 이블린이 쓴 17세기 임학 연구서 《산림에 대하여》를 읽은 소로의 반응은 그답지 않았다. 소로의 독서 노트에 담긴 그 책에 관한 평을 보면 이블린이 자신의 연구 주제에 반쯤 미친데다, 이를테면 참나무 그늘이 중풍에 잘 듣는다는 믿음을 거듭 말하는 식으로 나무의 효능을 과장했다는 내용이 있다.

소로가 훨씬 더 훌륭한 작가였을 수 있지만, 그는 다른 글쓰기보다 나무 예찬에 힘을 쏟았다. 그는 인간에게 부족하다고 본 관대함, 훌륭한 시민의 자질, 멀리 보는 안목 같은 미덕을 나무에 부여했고, 때론 과장하기도 했다. 소로가 본 나무는 현명하고 확고부동하고 자기희생적인 존재다. 나무는 수호자요, 든든한 부양자요, 부지런한 일꾼이요, 공작이나 남작 같은 귀족이요, 선생이요, 성직자요 심지어 노예제 폐지론자다! 소로는 이런 판단이 사실에 입각한 것이 아님을 알았지만, 나무가 폭넓은 진리를 보여준다고 믿었다. 이런 표현은 낭만적인 작가이자 사회 비평가로서 그가 우리더러 자연의 힘과 미덕을 보라고 요청하기 위해 택한 비유이자 우화다.

콩코드에서 가장 키가 큰 데이비스 느릅나무야말로 소로에게 강력한 자극제가 되는 독보적인 나무였을 것이다. 1856년에 이 나무가 잘렸을 때 소로는 장장 3000단어를 쏟아내 이 느릅나무의 역사는 물론, 이 일에 대한 애도와 분노와 감사를 표현했다. 그는 나무에게 바치는 조문에서 콩코드의 모든 느릅나무를 뉴잉글랜드 주민의 덕성을 나타내는 상징체로 바꿔놓았다.

그는 1856년 1월 21일에 일꾼들이 그 거대한 느릅나무를 베어 넘어뜨리는 광경을 지켜보았다. 키가 33.5미터에 이르는 그 나무가 있는 곳은 콩코드로 들어가는 대로인데, 교회 맞은편이자 콩코드 최초의 예배당 부지 아래쪽이다. 마을에서 상점과 우체국을 운영한 찰스 B. 데이비스의 집 위로 뻗은 거대한 가지가 갈라졌다. 최근에 폭풍이 불어닥친 동안 가지가 불길하게 삐걱거리는 소리를 내서 데이비스의 아내를 놀라게 했다. 데이비스는 느릅나무 가지가 집을 덮치기 전에 치워버리기로 했다.

소로는 며칠 전에 시작된 나무 베기 작업에 대해 이야기했다. 벌목꾼 화이트 씨가 받는 보수는 10달러와 느릅나무에서 나온 장작 열한 다발이다. 그의 인부들이 18미터쯤 떨어진 데 있는 커다란 플라타너스—지금도 그대로 있다—밑동에 고정 장치가 다섯 개 달린 도르래를 채웠다. 말 한 마리가 밧줄을 팽팽하게 당기자, 인부 한 명이 장비를 '스무 번 당겨' 나무를 조금 움직여서 안전하게 넘어가도록 했다. '나는 꼭대기가 잘린 직후인 오후 3시에 나무를 측정했다.' 소로는 마치 십자가 발치에 있던 사람처럼 글을 썼다.

소로는 '마을의 연로한 시민'을 잃어 크게 동요했다. 소로가 너무나 잘 아는 나무다. 그는 1852년까지 그 나무를 측정했다. 소로가 그해 6월에 타운하우스 앞에 있는 커다란 느릅나무가 '찰스 B. 데이비스의 느릅나무보다' 둘레가 살짝 크다고 보고한 내용이 남았다. 그 나무는 1850년대에 사라져가는 콩코드 농경시대의 향수를 불러일으키는 연결 고리이기도 했다. 느릅나무에 대한 애정은 소로의 집안 내력이다. 그의 아버지 존 소로 John Thoreau는 관상수협회 창립 위원이었다. 이 협회는 도시 거리에 그늘을 만들고, 거리를 아름답게 가꿀 목적으로 나무를 심기 위해 1833년에 창설되었다. 이 목적으로 가장 선호한 관상수가 우아한 느릅나무고, 소로도 협회 사람들처럼 느릅나무에 탄복했다. 그가 말하길, 한 집을 둘러싸는 느릅나무는 '부유함을 나타내는 어떤 증거보다 확실하게 가문의 오랜 기품과 가치를 보여주는 지표'다. 멀리서 봤을 때 곡선미가 살아 있는 높다란 우듬지는 '그 아래로 흘러가는 평온한 시골의 가정생활'이 떠오르게 한다. 소로는 공개적으로 아무런 언질 없이 데이비스 느릅나무처럼 너무나 웅장하고 중요한 표본을 베어 넘기는 처사는 '신성모독'이라고 기록했다.

소로는 보스턴과 워싱턴에서 노예제를 두고 논쟁하던 정치인과 달리, 콩코드의 느릅나무야말로 확고부동한 도덕적 등대 같은 존재라고 썼다. 나무는 원칙과 타협하지 않는다. 수백 년 동안 폭풍을 견디고 역경에 굴하지 않는다. 소로는 작가 겸 연설가로 성공하고자 하는 바람이 서서히 사라지자, 뭔가 찾아 나섰다. '그들이 당한 상처를 보라! 우리가 태어나기도 전에 그들이 잃었을 가지를 생각해보라!' 그는 고대 로마의 광장에서 원로원에게 연설하듯이 힘주어 말했다.

소로는 데이비스 느릅나무를 기념하며 서른여덟 해 자신의 삶도 돌아본다. 몇 주 전 크리스마스 때 소로와 어머니는 지금까지 살던 콩코드의 집을 전부 적어두었다. 그는 어릴 적 추억을 적었다. 암소가 '호박을 쫓아' 현관문으로 들어온 일, 소로가 새 부츠를 신은 채 잠자리에 든 일, 형 존이 돼지 오줌보를 난롯가에서 갖고 놀다 오줌보가 터진 일…. 두 가지 일화는 지금 들어도 재미있다. 소로가 어릴 적에 물었다. "땅은 전부 누구 거예요?" 지리 과목에서 상을 받은 뒤 어머니에게 물었다. "보스턴은 콩코드에 있어요?"

소로의 사연이 전적으로 사실은 아니라 해도 그의 가족이 한 말과 시간의 경과에 힘입어 충분히 인정을 받아 진짜 같은 이야기가 되었다. 소로가 콩코드의 느릅나무에 관해 쓴 내용 중 많은 부분도 마찬가지다. 한편으로 그 이야기는 자신의 주제에 흠뻑 빠진 사내의 과장법이다. 그러나 작가로서 그의 예술적 재능을 어느 정도 감안하면, 소로가 느릅나무로 설정한 시민적이고 도덕적인 본보기를 묘사한 내용은 참나무 그늘이 마비를 치료할 수 있다는 주장보다 진정성 있게 다가온다. 그는 이블린의 책에 남긴 메모에서, 이블린이 내놓은 그 주장을 비롯해 여러 주장은 '투박하고 거칠고 원기 왕성한 자연이 지닌, 심신의 강장제 같은 효능을 나타내는 비유적 표현'이라고 받아들였다. 소로가 웅장한 느릅나무에 대해 한 말도 정확히 그런 맥락이다.

콩코드 왕대공의
죽음

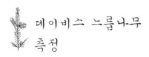 데이비스 느릅나무
측정

보스턴 길 찰스 데이비스의 집 앞에 있는 느릅나무를 다시 측
정했다. 데이비스가 지금 벌목 작업 중인 나무다. 벌목꾼 화이
트가 큰 가지를 대부분 잘라냈고, 이제 막 나무 발치에 도끼질
을 시작했다. 아마 그가 월요일이나 21일쯤에 나무를 쓰러뜨
릴 것이다. 바닥과 큰 가지 사이, 지면에서 2미터쯤 되는 제일
좁다란 부분의 둘레가 4.62미터다. 제일 아래쪽으로 지면에서
30센티미터 지점의 둘레는 7.23미터다.

화이트는 필요한 큰 가지를 자르고 나무를 베어 넘겨서 10달
러를 받기로 한다. 그는 수요일에 작업을 시작했다. 데이비스
와 이웃들은 지난번에 폭풍이 불 때 나무가 삐걱거리는 소리를
듣고 행여 지붕으로 넘어올까 봐 기함했다. 그 나무는 데이비
스네 마당에 1미터쯤 들어온 곳에 있다.

데이비스 느릅나무를 대신해서 1858년에 심은 느릅나무. 1856년에 데이비스 느릅나무를 벌목할 때 사용한 플라타너스가 둘러싼 모양새다. 지역 역사에 따르면 이 나무는 데이비스 느릅나무를 잘라낸 곳에서 자랐다. 현재 나이는 1856년의 데이비스 느릅나무 나이보다 서른 살 많다. 마을에서 아름다운 나무로 손꼽히며, 소로가 마지막을 애도한 예전 느릅나무의 자리를 충분히 채운다.

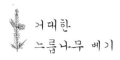

거대한
느릅나무 베기

네 사내가 동시에 덤벼들어 오전 10시에 아름드리 느릅나무를 베기 시작했다. 정오에 식사하고 오후 2시 30분에 일을 끝냈다. 그들은 고팻줄이 다섯 개 달린 도르래를 써서 양버즘나무 밑동에 고정하고, 정확한 방향으로 당겨지도록 말 한 마리가 끌어당기게 했다. 그래야 나무가 아무 문제없이 쓰러진다. 누군가는 스무 번을 당겼다고 했다.

나는 나무 꼭대기가 잘린 직후인 오후 3시에 나무를 측정했다. 첫 갈래까지 4.5미터다. 높이 23미터 지점의 가장 똑바르고 아마 제일 높은 가지가 잘렸고, 둘레는 68.6센티미터다. 내가 눈 위의 잔가지가 보일 만큼 가까이 가서 보기도 했고, 방금 나무 꼭대기를 쳐낸 나무꾼이 한 말을 들으니 나무 높이가 33미터 정도다. 그루터기에서 4.5미터 지점에서 크기가 얼추 비슷한 가지 두 개로 갈라졌다. 하나는 썩었고 나무가 쓰러질 때 부러져서 맨 밑에 깔렸다. (알고 보니 마찬가지로 속이 빈) 다른 하나는 갈라진 맨 첫 부분의 둘레가 3.5미터다. (이 갈래 바로 아래쪽 몸통 전체는 둘레가 5.9미터다.) … 나이테는 족히 105개는 셀 수 있었다.

… 나는 그때 길에 밧줄이 적어도 일곱 개는 있다고 짐작했고, 큰 가지 하나는 멀쩡하다고 봤다. 데이비스는 지난주에 잘라낸 큰 가지를 쌓아둔 마당에 가지가 네 개는 더 있다고 생각했다. … 어느 곳에는 바닥에 누운 줄기 부분이 사람 키만 했다.

… 이 나무는 높이가 18미터쯤 되는 언덕 바로 아래 있었다. 그 언덕은 영국인이 마을로 행진해 들어갈 때 깃대가 꽂힌 곳 남쪽에 있는 올드 베링 언덕이다. 당시에 나무는 쉰 살이 넘었을 테고, 크기도 상당했을 것이다. … 나무가 아주 건강해서 내 생각에 50년은 더 살았을 것 같다. 데이비스 부인은 나무 자르는 일로 한 주나 더 끌고 싶지 않다고 말했다. 사람들은 폭풍 속에 나무가 삐걱대는 소리를 들었다. 집 위로 뻗은 큰 가지 하나가 갈라졌다. 주 가지 두 개는 속이 비었다.

사형선고를 받은 콩코드 가로수. 나무 교도소장의 판결이 나무껍질에 못질되었다. 165년 된 적참나무가 2010년에 베여 넘어갔다. 큰 가지가 잘렸고, 나무는 기중기가 올가미를 내리는 동안 차분히 자신의 운명을 기다린다.

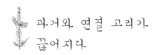

과거와 연결 고리가
끊어지다

~ 1856년 1월 22일 ~

나는 나무를 베던 날에 그 자리에 있었고, 말하자면 이 연로한 시민의 장례식에도 참석했다. 평소 장례식에 가지 않는데 이번엔 그렇게 되었다. 혹시 조문객이 더 있어도 내가 거기서 엄연한 상주다. 그의 장대한 외관을 측정했고 그의 무덤에서 추모사를 몇 마디 했다. …내 말을 듣는 이는 나무꾼과 행인뿐이었다. 시의 대표는 참석하지 않았다. 지역 원로도, 도시 행정위원도, 성직자도 나오지 않았다. 최근에 설교할 만한 기회가 없었다. …이 나무의 역사를 거슬러 올라가면 도시 전체 역사의 절반보다 길다. 부득이하게 일가친척이 참석할 수 없는 터라 내가 참석했다.

이 느릅나무를 베어버린 일은 이 도시 역사에 한 획을 긋는 사건이라고 생각한다. 나무는 옛 학교의 교목校牧과 그 나무 아래로 덜거덕거리며 지나가던 역마차와 함께 사라졌다. 나무의 미덕은 최후의 순간까지 해마다 꾸준히 성장하고 커졌다는 점이다. 정든 콩코드의 얼마나 많은 부분이 이 나무와 함께 스러져가는가! 시의 서기관은 나무가 베여 넘어간 일을 연대기에 싣지 않으리라. 나는 기록으로 남기리라. 이 나무는 숱한 인간 주민보다 중요한 순간을 시市에 선사하기 때문이다. 우리는 나무를 기리는 기념비를 세우는 대신, 그냥 서 있도록 허용하는 유일한 기념물인 나무의 그루터기를 제거하느라 단단히 용쓸 뿐이다. 과거와 우리를 이어주는 또 다른 연결 고리가 끊어지고 말았다. 그런 느릅나무 몇 그루로도 한 읍이 구성될 것이다. 그들은 자신의 이익을 도모하기 위해 주 의회에 대표를 파견해야 한다고 주장할 수도 있다. 이 땅의 토박이로서 훌륭한 지각과 진실성과 가톨릭 정신을 갖춘 적임자를 찾을 수 있다면 말이다. 우리 시는 유서 깊은 존재의 일부를 잃고 말았다. 이제 길가에 선 거대한 코린트식 기둥 같던 육중한 회색 나무줄기에 눈길이 멈출 일이 없으리라. 저 높이 사방으로 퍼진 둥근 지붕이 만든 그늘 속에서 걸어 다닐 일도 없으리라. 당신들은 버클리나 리플리* 같은 훌륭한 이의 발치에 도끼를 댄 것이나 다름없다. 도시의 왕대공 하나에 도끼질을 하고 도르래를 단단히 붙들어 맸다. 그 때문에 건물 전체가 위태로워진 느낌이 든다. 오랫동안 너그러이 콩코드를 굽어보던 나무를 베어 넘기다니, 그야말로 신성모독 아닌가?

---

* 버클리는 콩코드를 설립했으며, 이곳의 초기 청교도 성직자인 피터 벌켈리Peter Bulkley를 소로가 잘못 쓴 것이다. 에즈라 리플리Ezra Ripley는 콩코드에서 63년간 사역한 성직자다.

잘린 데이비스 느릅나무 그루터기에서 느릅나무가 자랐다고 한다. 바로 그 자리에서
자란 느릅나무를 다른 각도에서 본 모습.

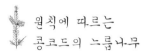

원칙에 따르는
콩코드의 느릅나무

내가 본 수많은 위풍당당한 느릅나무는 그 아래 있는 난쟁이 같은 인간보다 주 의회를 대표하기에 적격이다. 나무가 그림자를 드리운 술집이나 식품 저장실, 식료품점보다 주 의회 같은 데 나서는 편이 낫다. 사이사이 끼어든 계곡과 수풀 너머로 수 킬로미터 떨어진 지평선에 있는 웅장한 반구형 지붕이 보일 때면 그 모습이 한 마을이자 공동체를 연상시킨다. 내가 생각하는 마을의 의미에는 사람이 사는 마을보다 느릅나무가 사는 마을이 많은 부분을 차지한다.

느릅나무는 수많은 자치구만 한 가치가 있다. 자치구 하나를 구성하는 셈이다. 그들이 드리운 그늘 아래서 파견한 초라한 인간 정당의 대표는 나무가 보여주는 위엄, 진실로 고결하고 폭넓은 시야, 건실함과 독립성, 차분한 선행의 기미를 조금도 비치지 못할 것이다. 느릅나무는 곳곳의 읍마다 보인다. 그들의 나무껍질 한 조각이 조합에 속한 모든 정치인의 등판을 합친 것만 한 가치가 있다.

넓은 의미에서 그 느릅나무는 자유토지당원이다. 뿌리가 동서

남북으로 뻗어서 캔자스와 캐롤라이나의 수많은 보수주의자에게 당도한다. 그들은 그런 지하 철도가 있는지 낌새를 채지 못한다. 느릅나무는 그곳의 보수주의자들이 절대 휘저은 적 없는 심토를 개량하고, 원칙을 뒷받침하는 데 필요하다면 자기네 영역을 몇 배로 늘린다. 그들은 100년간 폭풍우와 싸운다. 그들이 당한 상처를 보라! 우리가 태어나기도 전에 그들이 잃었을 가지를 생각해보라! 하지만 그들은 중단하는 법이 없다. 자신의 원칙에 꾸준히 찬성표를 던지고, 공유하는 중심에서 더 멀리 더 넓은 영역으로 뿌리를 뻗어간다. 그들은 자기 자리에서 죽어간다. 그리고 벌목꾼이 붙들고 어지간히 골치 썩을 단단한 밑동과 기념비 역할을 할 그루터기를 남겨둔다.

그들은 당무 회의에 참석하지 않고, 타협하지 않으며, 정책을 이용하지도 않는다. 그들의 한 가지 원칙은 바로 성장이다. 그들의 급진주의는 뿌리를 잘라내는 것이 아니라 주변의 모든 제도 아래 무한히 증식하고 확장하는 것이다. 이제 그 안에 수액이 흐르지 않는 보수적인 심재는 성장을 저해하기보다 성장을 뒷받침하는 군건한 기둥이 되며, 커가는 줄기에 심재가 필요하지 않을 때면 완전히 썩어버린다. 그들의 보수주의는 죽었으나 단단해진 심재로 대변된다. 심재는 모든 성장을 뒷받침하는 중심이자 견고한 기둥으로, 자신에게는 아무것도 사사로이 쓰지 않지만 영원히 성장을 지원함으로써 급진주의의 영역을 넓히는 데 도움을 준다. 완전히 죽고 나서 50년 뒤에 급진적인 개혁으로 보존된다.

그들은 인간처럼 급진주의자에서 보수주의자로 돌아서지 않는다. 그들의 보수적인 부분이 먼저 죽어 사라지고 급진주의적인 성장 부위가 살아남는다. 그들이 새로운 주와 영토를 획득하는 사이, 오래된 영토˙는 황폐해져서 곰과 올빼미와 너구리의 서식지가 되고 만다.

---

* 아메리카남부연합의 대표 격인 버지니아주의 속칭 Old Dominion으로 말장난한 것이다. dominion은 '영토'라는 뜻이 있다.

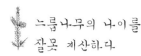

느릅나무의 나이를
잘못 계산하다

소로는 데이비스 느릅나무가 132살임을
알아냈다. 나이테를 세어보니 127개인데, 그가
셈을 시작한 높이까지 나무가 자란 5년을 더했
다. 나이테는 줄기 안에 약 35센티미터 떨어진
중심원 2개에서 시작한다. 두 중심원은 느릅나
무의 원줄기 2개와 일치하는데, 둘로 나뉜 나이테가 나중에는 합쳐진
다. 소로가 1856년 1월 26일 일기에 나이테를 그렸다. 사람 얼굴과 닮
아 보이는 것은 순전히 우연이다.

◡◠ 1856년 1월 26일 ◠◡

거대한 느릅나무의 나이를 두고 일주일째 우체국에서 말이 많
다. 흥미진진하지만 판단할 수 없는 문제처럼 떠든다. 나무를
쓰러뜨린 나무꾼과 떠돌이 나그네가 길게 누운 나무줄기 위에
서서 마치 심오한 수수께끼인 양 나무의 나이를 골똘히 생각했
다. 내가 몸을 굽혀 나무의 나이(2.9미터 지점에서 본 바 127살)를
보고 알려줬지만, 그들은 나뭇가지 사이로 스쳐간 바람 소리처
럼 내 말을 흘려들었다.

그들은 나무가 200살은 먹었을 거라고 추측해댈 뿐, 허리를 굽혀 나무에 새겨진 것을 읽어보는 법이 없다. 그치들은 정말로 빛보다 어둠을 사랑하는 모양이다. 누군가는 150살일 거라고 말했다. 그 느릅나무가 50년간 자랐고, 50년간 서 있었고, 50년간 죽어간다는 소리를 들어서란다. (그자야말로 살아오면서 얼마 동안이나 가만히 서 있었는지 궁금할 따름이다!)

실로 모든 사람이 과학적인 인간은 아닌 법이다. 그런 사람들은 코르크나무의 껍질보다 두꺼운 편견의 껍데기 안에 산다. 그것으로는 병 주둥이나 막는 편이 낫겠다. 물에 둥둥 뜨는 편견에 몸을 묶은 그들은 정직한 헤엄꾼이 가라앉을 때도 끈질기게 물에 떠 있다.

Part 08

원시 참나무 왕국

1860년 가을, 나무는 소로의 삶에서 가장 중요한 부분을 차지했다. 9월 20일에 소로가 천이에 관한 강연을 하고 호평을 얻었는데, 드물게 외부에서 소소한 격려를 받는 일이 생긴 것이다. 나무의 삶과 성장과 번식에 대한 그의 오랜 관심은 이 강연 후 더욱 커졌다. 그는 일찍이 월든 호수의 수심을 잰 때처럼 팔팔한 열정으로 산림의 역사를 연구하고, 나무줄기를 계측하고, 나이테를 세고, 뿌리와 가지를 파헤쳤다. 이런 일에 열중하다 보니 다른 데 신경 쓸 겨를이 없었다. 10월 1일부터 11월 30일까지 나무에 관한 조사 결과를 기록하고 이해한 내용을 분석하느라 분주히 다니면서 하루 평균 900단어를 일기장에 연이어 쏟아냈다. 11월 6일에 키가 껑충하고 장래가 촉망되는 일리노이 상원 의원이 대통령으로 선출되었는데,* 이런 얘기는 일기에 한마디도 없었다.

소로는 지역의 숲을 수령으로 분류했다. 가장 나이가 많은 숲은 인간의 손이 닿지 않은 처녀림, 즉 '원시림'이다. 그는 '우리에게는 그런 숲이 하나도 없다'고 했다. 그다음 세대 혹은 2차림**일 수도 있는 숲이 있는지 콩코드의 오래된 나무를 살펴봤지만, 이런 숲 역시 거의 '멸종'되었다는 결론을 내

---

* 미국의 16대 대통령 에이브러햄 링컨 이야기다.
** 원시림을 벌채한 뒤 자연 발생하는 숲.

렸다. 그는 11월 2일에 대니얼 웨더비Daniel Wetherbee의 약 2만 제곱미터짜리 작은 조림지에서 150년 정도 된 참나무를 발견하고 기뻐하며 그 나무들이 '대지에 비범한 품위'를 선사한다고 했다. 사흘 뒤에는 100년 혹은 그 이상 나이 든 참나무가 다른 조림지에서도 몇 그루 더 나타났고, 소로는 한 그루터기에서 나이테 160개를 세고는 몹시 흥분했다. '이 나무야말로 이 부근의 참나무 원시림의 표본으로 적합할 것'이라며, 거의 아쉬워하듯 '아마도 이것이 본디 참나무의 크기와 생김새였을 것'이라고 덧붙였다.

하지만 11월 9일에 평가 내용이 바뀌었다. 그는 오래된 숲에 관한 이웃 지역의 보고서를 확인하러 두 읍을 지나 박스버러로 갔다. 웨스트액턴행 기차를 타고 가서 몇 킬로미터 걸었다. 그의 집에서 13킬로미터쯤 떨어진 곳에서 '바람에 흔들리며 삐걱거리는' 어마어마한 규모의 참나무 노숙림老熟林을 발견하고 정신이 아뜩해졌다.

박스버러 경계 바로 너머 하버드 턴파이크Harvard Turnpike에 걸쳐 있는 180만~200만 제곱미터 규모의 인체스 숲이다. 인체스 숲은 원래 영국 왕실에서 하사한 땅에 있는 큰 숲의 일부다. 보스턴에서 상인이자 도시 행정 위원으로 일한 헨더슨 인체스Henderson Inches가 1800년경에 이 땅을 취득했다. 그는 1857년에 사망할 때까지 숲의 여러 곳을 벌채했고, 작은 부지를 싸게 팔아 치웠다. 소로의 말대로 다행히 인체스는 자신이 생각한 값을 고수하느라 부지를 나누려 하지 않아서, 1860년에는 참나무 숲이 대부분 팔리거나 벌채되지 않은 채 남았다. 소로는 '여기가 참나무 원시림'이고 '매사추세츠에서 손꼽히는 곳으로 알려질 것'이라고 단언했다.

그는 웨더비의 조림지보다 거의 100배는 넓은 참나무 숲에, 수백 년간 사람 손이 닿지 않은 나무 아래 섰다. 숲에는 백참나무가 대부분 이지만 흑참나무, 적참나무, 진홍참나무도 있었다. 초원의 나무처럼 넓게 퍼진 나무도 있지만, 줄기 지름이 1.2미터 내외에 곧고 키가 큰 나무가 대부분이다. 경외심에 사로잡힌 소로는 '공중을 가득 채운 잿 빛 껍질의 나무가 거대한 덩어리를 이룬 것'을 올려다보았다고 했다.

소로는 1860년 11월 초에 인체스 숲을 발견한 뒤, 이 숲에 대한 찬사를 일기에 아낌없이 쏟아냈다. 백인이 뉴잉글랜드에 발을 들여놓 기 전에 자연의 본모습이 예외적으로 남은 곳이라고 숲을 묘사했다. 월터 하딩Walter Harding[*]에 따르면, 소로는 '새로운 장난감을 쥔 아이처 럼 열정을 주체 못 할' 지경이었다. 소로가 격찬을 쏟아낸 데는 더없이 중요한 의도가 있었다. 그는 오래된 숲을 예로 들어, 눈에 보이지 않거 나 진가를 인정받지 못하는 재물이 결국 우리 손가락 사이로 빠져나가 는 이야기를 들려주었다.

그는 장기 계획으로 진행하던 〈야생 열매〉를 끝맺기 위해 인체스

---

[*] 뉴욕주립대학교 영어과 교수. 소로의 삶에 대한 연구로 국제적으로 인정받은 저명한 학자다.

숲에 관한 글을 쓰고 싶어 했지만, 그렇게 할 때까지 살지 못했다. 원시림의 보존을 촉구하는 그의 강력한 목소리가 담긴 구절은 학자들이 그 대목을 적절히 배치한 뒤에 적합한 결말로 정리된다. 소로는 마을마다 원시림 200만~400만 제곱미터가 있어야 한다고 썼다.

오래된 참나무가 과거를 향해 내민 상징적 연결 고리는 소로에게 특히 중요했다. 수 세기에 걸쳐 살아온 나무는 소로도 호메로스와 베르길리우스처럼 '전통이 있는 영웅적인 인류'의 자손임을 상기시켰다. 소로는 11월 16일에 두 번째로 인체스 숲을 찾아갔다. 며칠 뒤 그는 '침목'을 만드는 데 사용된 나이 든 편백 줄기의 절단된 조각을 손에 넣었다. 나이테가 250개여서 깜짝 놀랐다. 소로가 직접 나이테를 세어본 나무 중에 가장 나이가 많고, 가장 천천히 자란 나무다. 그는 나무가 단면이 나온 높이에 도달할 햇수를 더해서, 그 편백이 1607년에 제임스타운이 자리 잡기 전에 자라기 시작했다고 짐작했다.

소로가 쏟은 노력에 비하면 당장 이렇다 할 결과가 없었다. 얼마 후 인체스 숲은 마치 존재한 적 없는 곳처럼 되었다. 숲을 매입한 목재 거물 트리키는 전후 경제공황 속에 파산했다. 박스버러의 참나무로 만든 연합군의 선박은 못 쓰거나 폐기되었다. 1862년에 세상을 떠난 소로는 그 상황을 보지 못하고 죽었지만, 참나무가 잘린 뒤 '울창한 스트로부스소나무 숲'이 생겨난다는 그의 예견은 들어맞았다. 소나무 숲은 1900년대 초에 목재와 포장용 나무 상자, 성냥용으로 대부분 벌채되었고, 나머지는 50년 뒤에 아무 개성 없는 주택단지에 자리를 내주기 위해 잘렸다.

오늘날 박스버러 지구에 인체스 브룩 레인Inches Brook Lane이라는 거리가 있다. 소로 입장에서는 1실링짜리 동전에 소나무가 새겨진 것만큼 미덥지 않은 명예로 여겼을 일이다. 최근에 그 지역에 가보니 훌쩍 키가 크고 호리호리한 스트로부스소나무 몇 그루가 작은 집 위로 여기저기 높이 솟았다. 그 나무가 솟은 소나무 숲의 외로운 생존자는 우듬지 아래쪽 가지가 변변치 않아 야자나무처럼 보였다.

1864년 1월 21일, 인체스 숲 이야기에 관한 특이한 보충 설명이 등장했다. 그날 밤 뉴햄프셔 상원 의원 존 헤일John P. Hale이 백악관에서 에이브러햄 링컨에게 트리키를 소개하며 자신의 선거구민이 "반란이 일어난 뒤 누구보다 많은 목재를 공급했다"고 자랑스럽게 말했다. 링컨은 악수하면서 이렇게 대답했다고 한다. "그럼 분명히 큰 숲을 갖고 계시겠군요, 트리키 씨." 소로가 그때까지 살아 있지 않아서 다행이다. 참나무에 대한 모욕을 당하지 않아서만은 아니다. 소로는 대통령에게 트리키를 소개한 사람이 뉴햄프셔 상원 의원이라는 사실에 분개했을 것이다. 헤일은 노예제를 반대하는 자유토지당의 창립자고, 소로는 1856년 그 조직에 콩코드의 느릅나무를 등록한 적이 있다.

이렇게 흥이 나지 않는 결과를 접하긴 했지만, 소로에게 영감을 준 멋진 참나무의 장점과 역사적 흔적을 작은 것이라도 찾고자 애쓰는 일이야말로 나의 의무라고 생각했다. 조사에 조사를 거듭했다. 아무것도 찾지 못했다. 그러다 1990년대 시카고의 클럽 무대에서 연주한 얼터너티브 재즈록 퓨전 밴드의 신문 기사를 발견했다. 밴드 이름이 헨더슨인체스다. 횡재구나 싶었다. 아마 코걸이 정도는 했을 그 밴드 리더는 인체스 숲 소유주의 직계 자손이자, 참나무 숲 연금의 수령인일 것이다.

그러나 운이 따르지 않았다. 그 밴드도 사라지고 말았다.

박스버러의
아주 오래된
참나무들

인 채 스
숲에 가다

이 숲은 웨스트액턴에서 2.8킬로미터쯤 떨어진 곳에 있는데, 우리는 일단 웨스트액턴까지 기차를 타고 갔다. 숲은 하버드 턴파이크 양옆에서 박스버러 동쪽에 있다. …남쪽 끝의 휑한 언덕에서 봤다시피 오래된 참나무 숲은 우리가 간 북쪽은 물론이고 서쪽과 북서쪽으로도 아주 멀리 뻗었다. 분명 남북으로 최소한 2.4킬로미터, 동서로 1.6~2킬로미터는 될 것이다. 400만 제곱미터짜리 오래된 참나무 숲이라 해도 되겠다. 이 넓은 숲에는 주로 참나무가 있다. 백참나무가 많은데 흑참나무, 적참나무, 진홍참나무도 흔하다. 스트로부스소나무가 상당수고, 큰 리기다소나무도 여기저기 있다. 남쪽 끝에서 밤나무를 보기도 했다.

…크디큰 백참나무가 주변 60~90센티미터 이내에 소나무나 다른 나무가 간간이 섞인 울창한 숲에서 자라는데도, 크기와 생김새가 목초지 참나무만 하고 제일 큰 가지를 낮게 드리운 모습을 봐서 기뻤다. 지면에서 고작 1.2~1.5미터 지점에 줄기가 둘로 나뉜 나무가 수두룩했다. 숲 한복판에 있는 백참나무

와 다른 나무까지 사방이 트인 땅에서 자라는 나무 못지않게 가지를 뻗은 광경이 보인다.

…잿빛 참나무 줄기와 가지가 주변으로 멀리 뻗어 끝없는 미로를 만든다. 거대한 덩어리 같은 각각의 나무줄기는 곁에서 보면 장엄함을 느낄 만하다. 튼튼한 줄기(대부분 약간 비스듬히 섰다)는 눈에 띄게 곧고 둘레가 둥글며, 거친 부분이 굉장히 규칙적으로 나타나서 도리어 매끈하게 보일 정도다. 나이가 많거나 덩치가 제일 큰 백참나무는 웨더비 숲과 블러드 숲의 백참나무보다 껍질이 거칠고 색이 짙지만, 매끈한 정도를 고르게 보여주지 않을 때가 많다. 마치 거친 층이 지면 가까이에서 벗겨진 듯했다. 가만 보니 여러 가지 참나무와 밤나무의 줄기(껍질)가 지면 부근에서 갉아 먹힌 흔적이 눈에 많이 띄었다. 아마도 다람쥐의 소행이리라.

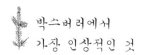

박스버러에서
가장 인상적인 것

⌒ 1860년 11월 10일 ⌒

일반 지도에는 뭐가 이렇게 없는지! 산책하는 사람이나 자연을 사랑하는 사람과 관계된 것이 별로 없다는 뜻이다. 도로를 나타내는 선 사이에 사각형이나 삼각형, 다각형이나 원의 일부 같은 모양으로 빈 공간이 있다. 크기와 생김새가 이 공간과 비슷한 다른 구역을 서로 구분할 수가 없다. 사실 그곳은 박스버러의 숲처럼 참나무 원시림으로 덮여서 바람에 흔들리며 삐삐대는 소리가 울리는 곳일 수도 있다. 아마 그런 곳은 지역에서 평판이 좋을 것 같다. 그런가 하면 다른 곳은 나무 한 그루 찾아보기 힘든 평원이 있다. 아무리 봐도 바람에 흔들리는 숲이나 작은 골짜기, 숲 속의 빈터, 초록빛 강기슭, 환히 트인 들판, 거대한 바위 등은 지도에 없으며, 지도를 보고 짐작할 수도 없다.

그 웅장한 참나무 숲은 역사가 길고, 박스버러에서 단연 눈에 띄는 인상적인 공간이다. 하지만 이 마을의 역사가 어딘가 기록되었다면 첫 번째(이자 아마 마지막) 교구의 역사는 자세히 설명된 데 비해, 인체스 숲의 역사나 하다못해 숲에 대한 언급조차 모조리 생략되었을 것이다. …박스버러 참나무 숲에 대해

콩코드의 스펜서 개천Spencer Brook 근처에 있는 백참나무. 2005년에 봤을 때 지름이 5.94미터였다. 소로가 태어난 1817년쯤에 자라기 시작한 나무다. 돌담의 흔적(사진 왼쪽 아래)으로 보아 목초지 참나무였을 것이다. 2009년에 폭풍이 불어 커다란 오른쪽 가지가 부러졌다(삽입된 사진).

들어본 사람이 몇이나 될까? 그곳을 구석구석 다녀본 사람은 얼마나 되고? 내가 이 근처에 산 세월이 얼마인데, 이 웅장한 숲에 대해서 이제야 들었다. 뉴잉글랜드에 있는 여느 훌륭한 참나무 숲에 견줄 만한 곳이 우리 집에서 서쪽으로 고작 13킬로미터 떨어진 데 있었다니.

좀 더 트인 공간과 작은 골짜기에 갑자기 어린 스트로부스소나무가 생겨나는 것은 알았다. 큰 스트로부스소나무 숲이 상당한 면적을 차지하고, 곳곳의 언덕에는 소나무와 참나무가 섞여 있었다. 나는 원시림의 특징에 점차 변화가 올 수도 있다고 본다. 참나무가 썩고 나서 다시 참나무로 대체되는 게 아니라, 참나무에서 소나무로 배역이 바뀔 수도 있다.

인체스 숲의 수많은 백참나무가 가지를 낮게 드리우고 목초지 참나무만큼 사방으로 퍼지긴 했어도, 대체로 당당한 기둥처럼 9~15미터 솟았으며 끝으로 갈수록 별로 가늘어지지도 않는다. 흑참나무, 적참나무, 진홍참나무는 특히 원주형으로 생겼으며, 키가 크고 한참 올라가야 가지가 있다. 이 나무의 몸통은 목초지 참나무보다 느릅나무와 닮았다. 다양한 각도로 비스듬히 선 경우가 많다. 이 거대한 참나무 숲 한복판에서 둘러보면 하늘을 가득 채운 산더미 같은 잿빛 껍질의 숲에 감탄한다.

…바퀴 자국이 보이는 짐마차 길 하나도 눈에 띈 적이 없다. 나무 사이로 앞이 보일까 말까 해서 겨우 오솔길 하나 발견했을 뿐이다. …이걸 보면 이 나라가 처음 발견되었을 때 어떤 모습이었을지 감이 온다. 원주민이 이 근처에서 요리조리 헤치며 나가던 참나무 숲이 바로 이런 모습이었으리라.

…우리는 수 킬로미터에 걸쳐 끊임없이 뻗은 다 자란 참나무 숲의 모습을 희미한 개념으로 알 뿐이다. 지름이 30~90센티미터, 심지어 120센티미터에 달하는 튼튼한 나무들이 있고, 서로 얽힌 가지는 끝없이 이어진 완벽한 임관을 형성하는 숲이 무엇인지 제대로 모른다.

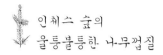

인체스 숲의
울퉁불퉁한 나무껍질

이런 모양 백참나무가 보인다.

살펴보니 흑참나무와 적참나무, 진홍참나무는 대체로 백참나무보다 훨씬 곧추섰고 아래쪽에 가지가 없다. 백참나무는 아래쪽에 가지가 한층 많은 편이고, 구부러지거나 울퉁불퉁해서 가지런하지 않다. 백참나무 중에는 껍질이 딱딱하고 울퉁불퉁하며 규칙적인 직사각형이나 바둑판무늬를 띠는 것도 있고(쇠 비늘 갑옷처럼 기분 좋을 정도로 고른 거칠거칠함), 비교적 무르고 잘게 갈라진 것도 있다.

…도로에서 가까운 서북쪽 맨 끝 구역의 숲에는 커다란 밤나무가 많다. 어느 것은 둘레가 3.6미터에 큰 혹이나 돌출 부위가 많으며, 어느 것은 둘레가 3.8미터다. …이 나무는 일부가 남아서 인체스 숲의 북서쪽을 형성하는 밤나무 숲 한 곳의 잔재임이 분명하다. 전부 남동쪽과 북서쪽으로 400미터 이내에 있고, 처음 두 그루는 남동쪽에 따로 있다.

밤나무는 가지가 낮게 뻗는 생김새 때문에 눈에 띈다. 이따금

띠나 죔쇠처럼 생긴 껍질

하도 낮은 데까지 뻗어서 아래쪽 가지 밑으로 사람이 지나가지 못할 정도다. 큰 가지가 한쪽에 떨어져 나온 경우도 여러 번이다. 우툴두툴한 표면에 길쭉한 나무껍질이 마치 나무를 묶어두게 만든 끈이나 죔쇠처럼 7.5~10센티미터 폭에 수십 센티미터 길이로 나무 몸통을 비스듬히 가로질러 흐르며 뒤틀린 나뭇결로 보이는가 하면, 그 아래 최근에 생긴 껍질의 나뭇결은 수직으로 나타날 수도 있다. 아마도 이 현상은 계속 달라붙은 오래된 껍질 부위가 나무의 불균등한 성장 때문에 한쪽으로 비틀렸기 때문인 것 같다. 오래된 나무의 몸통에는 전부 이런 모양이 나타날 것이다.

허버트 웬델 글리슨이 1906년에 인체스 숲의 큰 밤나무를 찍은 사진

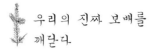# 우리의 진짜 보배를 깨닫다

우리가 진정으로 웅장하고 아름다운 자연경관을 고집스레 말한 적이 있던가. 우리가 아는 한, 세상 제일가는 아름다운 경치가 근방 수십 킬로미터 이내에 있을 수도 있다. 정작 그곳 주민은 그 풍경을 소중히 여기지 않고 제대로 알아차리지도 못하니, 당연히 다른 사람에게 알려주지 못했다. 거기서 금싸라기를 주웠거나 민물 대합에서 진주라도 발견했다면 주 전체가 그 소식으로 떠들썩했을 것이다.

…이 지역에서 진정한 보배가 어디 있는지 깨달은 마을은 없다고 본다. 나는 지난가을에 우리가 사는 데서 고작 13킬로미터 떨어진 박스버러 읍에 갔다. 거기서 내가 본 가장 아름답고 기억에 남는 것은 웅장한 참나무 숲이다. 매사추세츠에 그보다 아름다운 참나무 숲이 있을까 싶다. 부디 그 숲이 50년은 더 그대로 있게 두라. 그러면 사람들이 전국 방방곡곡에서 그곳으로 순례를 올 것이다. 숲에서 다람쥐를 사냥하는 것보다 가치 있는 목적으로 그곳을 찾을 것이다. 하지만 나는 박스버러가 그 삼림지대를 창피해한다면 뉴잉글랜드의 다른 지역과 다를 바 없을 것이라고 생각했다. 아마도 이 읍의 역사가 기록된다면 역사가는 이 숲—읍에서 가장 흥미로운 부분—에 대해 한

마디도 않고, 교구의 역사를 강조하는 데 힘쓸 것이다.

나중에 보니 내 짐작이 틀리지 않았다. 얼마 지나지 않아, 당시 박스버러가 속한 스토 지역에 관한 간략한 역사적 논평을 우연히 접했다. 거의 100년 전에 나온 《매사추세츠 역사집 Massachusetts Historical Collections》에 실린 존 가드너 목사의 글이다. 가드너 씨는 전임 목사가 누구인지, 자신이 언제 교구에 자리 잡았는지 알려준 뒤에 다음과 같이 쓴다. '눈길을 끄는 것에 관해 말하자면, 그 지역의 고만고만한 다른 읍과 비교하더라도 이렇다 할 볼거리는 제일 미미한 수준에 불과하다는 생각이 든다. … 사람들이 주목할 만한 것을 하나 이상 떠올릴 수가 없다. 존 그린 씨의 묘지만 떠오른다.' 영국에서 크롬웰이 '재정서기로 삼은' 사람 같다. 가드너 씨는 '그가 일반사면령에서 제외되었는지 아닌지 나는 알 수가 없다'고 한다. 어쨌든 그는 뉴잉글랜드로 돌아왔고, 가드너 씨가 우리에게 말해주듯이 '살다가 죽었으며 이곳에 묻혔다'.

나는 가드너 씨에게 그 사내가 일반사면령에서 제외되지 않았다고 확실히 말할 수 있다.

…이후에 들리는 소식에 따르면, 박스버러가 그 숲을 대신할 수도 있는 주택과 농장을 들이는 대신 숲을 그대로 유지하는 데 만족한다고 한다. 숲이 아름다워서가 아니라 현재 그 땅에서 예전보다 많은 세금이 나와서다.

그래도 몇 년 이내에 선박용 목재 같은 것 때문에 숲이 벌채될 것 같다. 그렇게 처분하기에는 너무나 귀중한 숲이다. 나는 주 당국이 그런 몇 안 되는 숲을 매입해 보존하는 것이 현명하다고 생각한다.

매사추세츠 주민이 자연사 교수직의 기반을 다질 준비가 되었다면, 자연의 일부 공간을 훼손하지 않고 그대로 보존하는 것이 중요하다고 생각하지 않겠는가?

〈야생 열매〉

콩코드에 남은 마지막 목초지 거목 중 하나인 200년 된 적참나무. 겨울 풍경 속의 이 참나무는 이 장의 첫 번째 사진에서 여름옷을 입고 있다.

Part 09

눈이 바꾼 풍경

소로가 쓴 글 중에 가장 초기의 것으로 알려진 작품은 열한 살 때 학교에서 쓴 에세이다. 그는 이 글에서 계절에 관해 썼다. 그는 세상을 떠날 즈음에도 계절에 대한 글을 썼고, 오히려 할 말이 더 많아진 것 같았다. 그에게 계절의 순환은 왕국의 혁명보다 의미가 크다고 했다.

소로는 한 해가 흐르면서 계절마다 수목이 변하는 과정을 보는 것을 좋아했다. 그중에도 겨울나무에 가장 매혹되었음이 분명하다. 눈에 덮이거나 얼음에 감싸인 나무가 그의 눈길을 사로잡았다. 소로의 펜을 움직이게 한 그런 광경이 때로는 그의 안에 있는 거의 병적인 창의성을 폭발시키기도 했다. 소로는 1년 중 겨울 외 시간에는 눈에 익은 오래된 숲과 들판을 어떻게든 새로운 눈으로 보려고 애썼다. 겨울은 눈 깜짝할 새 그렇게 만들어주었다. 세상을 '새로이 보이게' 만든 것이다.

뼛속 깊이 이단아인 소로는 판에 박힌 것을 뒤엎거나 없애버리는 겨울의 성질머리를 좋아했다. 세찬 폭풍은 그가 사는 세상을 뒤죽박죽으로 만들었고, 그것을 바로잡을 제설기나 거대한 작업 트럭도 없었다. '한곳에 눈보라가 흩날려 쌓인 것이 앞마당 울타리를 덮고, 거기부터 현관문 위쪽까지 이어져서 모든 것을 가둬버린다. 눈이 현관문 밖에 높이 1미터 내외로 쌓이는 경우도 허다하다. …마치 주민이 모두 얼어 죽고 몇 주가 지난 지금, 그곳을 지나던 사람이 황량한 거리를 이리저리 헤치며 빠져나간 것 같은 모양새다.' 폼페이처럼 묻혀버린 도시를 상상하는 게 어렵지 않은 상황이었나 보다.

겨울이 올 때마다 소로가 똑같은 광경을 초현실적이거나 경이로운 것으로 받아들이며 감탄했고, 매번 그 광경을 새로이 기록했다는 점이 신기하기도 하고 사랑스럽기도 하다. '굽이치는 새하얀 시트로 싸인' 환영 같은 나무. 눈 덮인 가지 덕에 전나무로 변신한 소나무. 아침 햇살에 반질반질한 은처럼 빛나는 얼음 덮인 숲. 하얗게 뒤덮인 나무의 아래쪽 가지 밑에 생긴 작은 '방'에서 아늑하게 보호 받는 기분.

  이런 이미지를 일기에 충실히 옮기는 일은 소로가 정면으로 맞닥뜨린 도전 과제고, 그 과정에서 그의 가장 섬세한 문장이 동원되었다. 소로는 진심으로 자신의 언어가 겨울나무의 아름다움을 충분히 담아내지 못한다고 생각한 모양이다. 그러나 소로가 일기장에 용케 적어둔 내용을 보면, 그의 말은 그가 겨울나무에서 본 게 틀림없는 무한한 아름다움을 충분히 들려주고도 남는다.

온 세상이
새로워지다

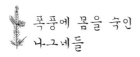

폭풍에 몸을 숙인 나그네들

〜 1852년 1월 7일 〜

엊저녁에는 강연 차 링컨까지 몰아치는 눈보라 속을 걸어가는데, 잘 보이지도 않는 달이 짙은 눈보라를 뚫고 빛을 비춰주었다. 삼나무에 잔뜩 쌓인 눈이 보였다.

오늘 오후, 바람이 방해하지 않는 숲의 작은 골짜기와 후미진 곳에는 며칠 전에 본 만큼 눈이 소담스레 나무에 쌓였다. 리기다소나무에 가장 많이 쌓였고, 우상부가 타조 깃털이나 화식조火食鳥* 꼬리처럼 늘어졌다. 새하얘서 거뭇한 솔잎이나 나무줄기와 대비되고, 지면에 있는 눈은 전보다 하얗게 보인다. 골짜기에 있는 벌거숭이 사과나무의 큰 가지와 어린 가지도 작은 눈 마루와 옷깃 모양으로 12~15센티미터 쌓인 눈을 받친다. 나무는 무게에 못 이겨 아치형을 비롯해 온갖 다채로운 자세로 구부러졌다. 가지와 우듬지가 눈 더미로 단단히 뭉쳤다. 나무는 전에 없던 생소한 자세로 섰고, 우듬지는 차양이나 양산 모양으로 덩어리진 경우가 많아서 야자나무나 여느 동양의 나무

---

* 오스트레일리아나 뉴기니에서 발견되는 새. 타조와 비슷하고, 날지 못하지만 잘 뛴다.

옌 중

그림이 떠오르게 했다. 어느 곳은 나무가 양옆으로 땅을 향해 굽어 길에 닿을락 말락 할 정도인데, 슬픔에 고개를 숙인 게 아니라 기분 좋게 겨울잠에 취한 모양새다. 우듬지나 가지 혹은 우상부가 마치 나그네처럼 몸을 굽힌 게 자주 보였다. …어디가 머리고 어디가 팔꿈치인지 분간이 되는 흰 망토를 뒤집어쓰고 폭풍에 몸을 굽힌 모습이다. 때로는 우상부가 없어진 리기다소나무 아래쪽 가지가 원래 닫집 모양인 부분과 우상부가 있던 자리 밑에서 저마다 눈 마루를 짊어진 채 격자 모양으로 얽힌 터라, 그 촘촘한 장식 격자를 뚫고 5미터 이상을 볼 수가 없었다. 해 질 녘에 눈 쌓인 나무에 불쑥 나타나는 햇빛은 아련하고 흐릿했다. …눈과 참나무 잎에 희끄무레한 홍조가 돌았다.

탑

웅장한 소나무 숲이 오늘 오후에 독특한 모습을 선보였다. 잘게 내리는 눈이 소나무 가지에 머물러 가지가 희끄무레해 보이는데, 큰 가지 중심을 따라 눈이 더 두껍게 내려앉아 멀리서 보면 흐릿한 흰 선이 다양한 각도로 누운 모양새다. 마치 숲 전체로 퍼진 거대한 망 같았다. 얇은 막 같은 게 덮인 게, 여름날 아침에 풀밭에서 보는 거미줄 같기도 했다. 리기다소나무에 이렇게 눈이 쌓인 모습을 본 적이 없다. 마치 중국 탑처럼 보였다.

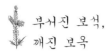

부서진 보석, 깨진 보옥

오늘 아침, 잎이며 가지며 전부 반짝이는 얼음 갑옷으로 뒤덮였다. 사방이 트인 벌판의 풀잎도 다이아몬드 펜던트를 줄줄이 달아 나그네의 발길에 스칠 때면 흥겹게 짤랑거렸다. 말 그대로 자잘하게 부서진 보석이며, 산산이 깨진 보옥 같았다. 마치 밤중에 지층 윗면이 벗겨져 흠 하나 없는 수정 층이 빛에 드러난 듯했다. 걸음을 옮길 때마다, 고개를 좌우로 기울일 때마다 풍경이 달라진다. 오팔, 사파이어, 에메랄드, 벽옥, 녹주석, 황옥, 루비가 곳곳에 있었다. 이런 것이야말로 최상의 아름다움이다. 여기에도 저기에도 없고, 지금도 예전에도 없고, 로마에도 아테네에도 없었으나, 감탄할 줄 아는 마음이 있는 곳이면 어디나 있는 아름다움. 혹여 내가 발 디딘 이곳에서 찾지 못한다는 이유로 다른 데서 아름다움을 찾아 헤맨다면 그야말로 헛된 수고일 것이다.

은빛
가지

∽ 1853년 1월 3일 ∾

눈이 내리는 오늘 오후, 아직 나무에 들러붙은 얼음에 눈이 쌓였다. 점점 더 완벽하게 얼음 나무로 변해갈수록, 나무는 더욱 고상하게 정신을 가다듬는다. 창문에 핀 자잘한 서리꽃 대신 온 숲에 은빛 가지가 지천이다. …둑길이나 초원의 울타리를 따라 늘어선 나무가 은빛 다발로 변했다. 어둠은 한 줌도 눈에 닿지 않았다. 은빛 광채뿐이다. 마치 나무 전체—몸통, 큰 가지, 잔가지—가 윤기 나는 은으로 탈바꿈한 듯했다. 당신은 산울타리를 향해 소리쳤다. 때로는 자작나무 숲이 우아한 타조 깃털을 사방으로 흩날리듯, 중심 한 곳에서 방사상으로 퍼지며 쓰러졌다. …일순간에 모든 것이 수정으로 변했다. 온 세상이 수정 궁전이다. 얼음에 둘러싸여 뻣뻣하게 늘어진 나무가 흡사 대리석 조각 같았다. 상록수가 유난히 그랬다.

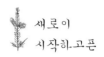

새로이
시작하고픈

~ 1853년 12월 26일 ~

오늘 오전에 네 시간 남짓 눈이 펑펑 내렸다. 손에 꼽을 만한 첫눈이다. 7~8센티미터 쌓인 모양이다. 나는 눈이 막 그친 오후 2시 30분에 밖으로 나갔다. 바람이 일거나 해가 비치기 전에 나가서 나무에 쌓인 눈을 보기에 좋은 때다. 구름이 조금 걷혔지만 아직 눈이 보슬보슬 내렸다. 열차의 증기기관에서 나오는 증기가 안개 낀 대기를 뚫고 높이 올라가지 못했다. 나는 빈민 구호소를 지나 월든을 돌아다녔다.

산허리에 있는 허바드 소유지의 회색 참나무를 비롯해 참나무나 단풍나무 같은 낙엽수의 가지는 제 두께보다 몇 배나 두껍게 쌓인 눈을 받치고 있다. 가지에 쌓인 눈은 기다란 번개 모양 팔처럼 보였다. 눈이 살며시 내려 제일 가느다란 어린 가지 위에 수직으로 벽을 세웠다. 나뭇가지가 만드는 기분 좋은 미로가 어느 때보다 두드러졌다. 눈을 잔뜩 진 모든 잔가지가 산비탈처럼 꼼짝 않았다.

눈은 숲을 짓눌러 풀밭과 뒤섞이고, 땅 위에 새로운 표면을 만들어 우리를 그 안에 가둔다. 그러면 우리는 지하 통로를 뚫고

가는 두더지처럼 다닌다. 브리스터 언덕으로 올라가는 발자국 하나 없는 깨끗한 길이 보였다. 짐처럼 쌓인 눈을 떠받치는 나뭇가지와 길 양옆에서 나무가 몸을 굽힌 광경은 삶을 다시 시작하고픈 마음이 들게 할 것이다. 얼음도 눈으로 뒤덮여서 스케이트 타기는 물 건너갔다. 휑한 언덕은 새하얘서 어디가 산이고 어디가 안개 자욱한 하늘인지 경계가 분간이 안 된다. 관목 참나무에 눈이 멋지게 쌓인 모양이 마치 성글게 땋은 머리가 공중에 떠 있는 것 같았다.

나무가 저마다 다른 모양으로
얼음을 입었다

～ 1853년 1월 2일 ～

철도에서 절벽으로 내려갔다. 날이 맑았다. 깨끗한 하늘에는
새털구름이 보였다. 이렇게 공기가 맑고 햇빛이 밝게 비칠 때
얼음 덮인 나무는 새로운 아름다움을 뽐낸다. 철도 양옆의 워
렌 숲 가장자리 아래 다채로운 곡선을 선보이며 땅을 향해 잔
뜩 몸을 굽히고 늘어선 자작나무가 특히 그렇다. 좀 떨어져서
정면으로 다가가며 나무를 보면 숲 가장자리 아래 있는 원주
민의 하얀 천막 같다. … 자작나무가 타조 깃털처럼 사방으로
늘어졌다. 숲길은 대부분 마차가 아예 다닐 수 없고, 여간해선
나그네도 지나가지 못할 정도다. 숲 속의 어린나무와 가지가
군데군데 땅에 닿을 정도까지 구부러져서다. 깊이 파인 땅 양
측면이 은도금한 듯 햇살 속에 빛나고, 강둑 가장자리에서 고
운 물보라를 일으키는 무성한 덤불은 은처럼 반짝였다.
우리는 소나무 가지가 30~60센티미터 두께로 땅을 덮은 곳 위
로 조심해서 걸었다. 잔가지와 솔잎 하나하나가 얼음으로 두
툼하게 뒤덮여 거대한 얼음덩어리가 되었고, 자박자박 밟으며
나아가는데 신들에게 바치는 과자 저장고를 헤치며 걸어가는

것 같았다. 최근에 베인 소나무에서 나는 상쾌한 향이 기분을 북돋웠다. 이렇게 황폐한 풍경에 보상이라도 하는 양.

멀리 지평선의 소나무 우듬지가 얼음 무게 때문에 구부러져 전나무나 가문비나무처럼 변해서 가문비나무 습지 같아 보였다. 나무가 저마다 다른 모양으로 얼음을 입었다. 가문비나무의 짤따란 우상부와 침엽이 아주 예쁘고 특이한 형상을 만들었다. 멀리 있는 참나무 몇 그루는 가지가 곡선형이나 아치형으로 굽어 한 덩어리가 되더니, 완벽히 느릅나무로 화했다. 자태가 그야말로 느릅나무의 특색을 고스란히 보여줬다.

다른 나무는 이렇게 작은 다발처럼 보여도 가지가 우아하게 늘어지는 것은 거의 없다. 최근에 숲 속 개간지에 남은 호리호리한 적참나무와 백참나무가 그런 드문 경우다. 큰 가지 끝부분에 무게가 가해지면 가지가 사방으로 늘어지고, 특히 잔가지 하나하나에 무게가 실리면 한 덩어리로 뭉쳐 완벽한 느릅나무의 생김새를 띤다. 제대로 된 각도에서 보면 얼음 덮인 그루터기가 무지갯빛—짙은 파란색이나 보라색, 빨간색 등—을 띤 프리즘처럼 빛난다. … 가지가 땅에 닿을 정도로 구부러지게 만드는 이런 짐에서 벗어나 나무가 다시 제 모습을 찾는다니 놀라울 따름이다. 이 리기다소나무 가지의 무게를 재고 싶을 정도다. 얼음 때문에 나무의 특색까지 바뀐다.

나는 얼음 빗장을 지나 절벽 쪽으로 다가갔다. 이곳에는 얼음이 형태도 천차만별이고 종류도 다양하다. … 유난히 작은 스트로부스소나무가 얼음 덮인 땅과 거의 한 몸이 되었다. 사과나무와 울타리 가로장은 말할 것도 없고, 온갖 사물이 윤이 나는 은처럼 보였다. 요정의 세상으로 안성맞춤이다. 예쁘게 장식된 거대한 케이크 같은 세상이다.

오늘 아침에는 종소리가 유난히 듣기 좋았다. 어느 때보다 오래 종소리를 들은 것 같다. 종소리는 사람을 불러 모으는 것 이상으로 소리 자체에 경건함이 있다. 사람들은 종소리의 부름에 따르고, 난로에 불을 피워 따뜻해진 교회로 향한다. 하느님이 그 옛날 모세에게 불타는 떨기나무로 나타나셨듯이, 오늘 숲길을 걷는 이에게 서리 덮인 덤불로 친히 모습을 보이신다 해도 말이다.

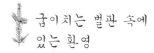

굽이치는 벌판 속에 있는 환영

그 나무는 안개 낀 어슴푸레한 땅과 대비되어 더욱 새하얗게 굽이치는 벌판에 나타나는 나무의 환영이었다. 13일 오후에 액턴에 갔다. 가는 길 도처에 아치형으로 구부러진 이 몽환적인 나무가 늘어선 멋진 대로를 기억한다. 형태도 크기도 유난히 아름다운 느릅나무였다. 내가 관찰한 바로는 가장 낮은 지대의 서리가 가장 두꺼웠다. 특히 그곳에 있는 흰버들*Salix alba*에 내린 서리의 두께가 상당했다. 이런 현상이 이 지역 전반에 두루 나타났고, 모두의 감탄을 끌어냈다는 내용이 몇몇 논문에 있다. 보스턴 코먼의 나무가 머스케타퀴드 나무와 똑같이 새하얀 제복을 입었다.

… 전반적인 분위기는 특히 아련하고 신령하다. 뚜렷한 가장자리나 윤곽이 없어서다. 안개 속에 보이는 눈 덮인 이 손가락 같은 것의 윤곽을 과장하지 않고 어떻게 그릴 수 있겠는가?

펜화

밤중에 눈보라가 치기 시작해 지금 눈이 8~10센티미터 쌓였
다. 이전에 반 이상 드러난 땅이 갑자기 보이지 않고, 나무와
울타리와 집 옆에 눈이 쌓이며 완벽한 겨울 풍경이 펼쳐졌다.

빈민 구호소 너머 숲 쪽을 바라보는데, 사과나무를 비롯한 많
은 나무가 눈밭에서 갑자기 도드라져 보였다. 흰 바탕에 검은
잔가지 하나하나가 자연 크기의 펜화처럼 선명하게 눈에 들어
왔다. 눈보라가 여전히 사납게 몰아치는 동안 배경에 펼쳐진
눈은 시야를 근처 사물에 국한해, 사과나무가 제각각 눈을 배
경으로 윤곽을 뚜렷이 드러냈다. …잎이며 가지며 줄기며 나무
에 내려앉은 촉촉하고 반짝반짝 빛나는 눈이다.

소나무는 눈을 잘도 걸머진다. 겨울의 쓸쓸함이 묻었지만, 눈
이 쌓인 채로 잔뜩 창백해진 키 큰 소나무 숲의 측면은 얼마나
아름다운지! 숫양의 머리 모양으로 내려앉은 우상부가 있는 대
리석이나 설화 석고로 변신한 키 작은 리기다소나무는 또 어찌
나 수려한지!

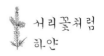

서리꽃처럼
하얀

빈민 구호소를 지나 철도 쪽으로 올라가 월든으로 갔다. 먹구름을 배경으로 서쪽에 보이는 나무가 햇빛을 받아 빛나며 서리꽃처럼 더할 나위 없이 하얗고, 나무의 윤곽이 똑똑히 완벽하게 드러났다. 거대한 한 다발의 형상이자 나무의 혼령 같다. 담벼락과 울타리가 둘러싸였고, 들판에는 수정으로 된 무수한 창이 가득했다. … 잔가지와 솔잎을 둘러싼 얼음은 두께가 3~6밀리미터다. 나무 맨 윗부분이 활처럼 휘었다. 우상부와 솔잎은 마치 후대의 정밀 조사용으로 유리 안에 보존된 듯 뻣뻣했다.

…이렇게 내리눌린 소나무는 꼭대기가 뾰족하고 끝이 처진 모

눈 덮인 소나무가
전나무처럼 늘어
진 모습을 소로가
스케치했다.

습이 흡사 전나무나 미국솔송나무 큰 가지가 망토나 솔의 주름에 싸이듯이 감싸여 늘어진 생김새를 떠오르게 한다. 딱딱한 외피는 부러진 녹색 솔잎 조각과 함께 흩뿌려진 지 오래다. 중간과 아래쪽 가지는 축 늘어지고 덩어리졌는데, 꼭대기는 전체가 휑하니 드러난 채 똑바로 선 경우가 많았다.

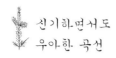

신기하면서도
우아한 곡선

1855년 1월 19일, 소로는 친구 엘러리 채닝과 숲에 갔다가 폭풍을 만났다. 바람에 날리는 눈 때문에 앞이 안 보이는 와중에 월든 길에서 마을로 다시 1.6킬로미터를 터벅터벅 걸어갔다. 소로는 힘겹게 걸어간 보람이 있었다고 했다. 눈 덮인 나무가 '팽팽히 당겨진 활처럼' 구부러진 모습을 봤기 때문이다. 그는 그날과 이튿날 본 광경을 신이 나서 조목조목 묘사했다.

～ 1855년 1월 19일 ～

축축한 눈보라가 북서쪽에서 거의 수평으로 들판을 가로질러 계속 몰아치는데, 채닝과 함께 절벽과 월든 쪽으로 갔다. 시골길에는 새로 생긴 발자국 하나 없고, 길이며 나무며 집이며 겨울 특유의 분위기가 물씬 풍겼다. 눈이 상당히 내렸지만 주로 담벼락 아래로 날려 쌓였다. 우리는 스프링 숲을 지나 절벽 너머 기슭에 있는 숲길로 월든까지 가고, 거기부터 브리스터 언덕까지 이어진 작은 길과 큰길을 따라 돌아왔다. 아무리 바람이 불어도 축축한 눈 더미가 나무에 쌓인 모습을 보자니 먼 길을 걸은 보람이 있었다. 리기다소나무는 눈을 짊어지고 땅에 닿을 듯 휘었고, 자작나무와 백참나무도 마찬가지였다.

마지막으로 본 나무는 높이가 못해도 7~8미터는 되었는데, 땅에 거의 닿을 정도로 부러져서 회생이 불가능해 보였다. 잎이 달린 모든 상록수와 참나무, 잎을 잃은 자작나무가 높이 7~8미터 이상인데 지면까지 휘었다. 이 신기하면서도 우아한 곡선은 숲 풍경에 등장한 새로운 볼거리다. 어린 스트로부스소나무는 수녀가 된 처녀처럼 순수함의 상징인 새하얀 가운을 걸쳤고, 꼭대기 부분은 활처럼 살짝 휘고 큰 줄기는 한쪽으로 기울어서 마치 폭풍을 만나 망토로 머리를 폭 싸고 몸을 숙인 나그네 같은 모습이었다.

바람이 불어오는 쪽의 숲과 사방의 나무 꼭대기 부분은 거의 다 비교적 횅한 편이지만, 숲 안쪽에 있는 나무는 몸통 전체에서 아래쪽 3분의 2 정도는 흩뿌려져 쌓인 눈 더미를 잔뜩 진 상태였다. 약간 축축한 눈은 참나무 잎과 상록수는 물론이고 모든 잔가지와 큰 가지에 빠짐없이 내려앉았다. 똑바른 벽이나 주름 잡힌 옷깃 모양으로 13~15센티미터나 쌓인 모습은 언덕과 골짜기 위를 지그재그로 나아가는 소형 만리장성 같고, 잔가지와 큰 가지 배열과 수가 어느 때보다 또렷이 보였다. 눈으로 뒤덮인 몸통은 기묘하게 은은한 빛을 주변으로 퍼뜨려서 전혀 평소의 어둑한 숲답지 않고, 마치 눈 더미 안이나 눈으로 만든 집 안에 있는 듯한 기분을 선사했다. 하얀 가지가 만든 이

미궁이나 미로로 향하는 길은 거의 모든 방향에서 기껏해야
20~25미터까지 보였다.

사방에는 바람에 날려 쌓인 눈 더미가 그 높이까지 널브러져
누운 것 같았다. 눈이 하도 두껍게 쌓여 시야가 뚫고 들어갈
틈이 없었다. 길이 땅까지 몸을 굽힌 나무로 대부분 막혀서, 우
리는 숲 속에서 지그재그로 돌아가거나 갑자기 눈 더미가 목을
덮칠 위험을 감수하고 조심조심 기어갈 수밖에 없었다. 어딜
가든 길은 나무 꼭대기만큼 높고, 도저히 시야가 꿰뚫지 못하
는 빽빽한 미로로 막혀서 원래 거기에 길이 없는 것 같은 경우
가 많았다. 우리 발에 툭하면 나무가 닿았고, 손으로 나무를

흔들어서 눈 더미를 어느 정도 덜어내 가지를 조금 올려서 아래로 지나갈 공간을 만들기도 했다. 리기다소나무 사이에 독특한 입구와 굽이치는 통로가 생겨서 구부정한 자세로 눈 벽을 스쳐가며 나아갈 때도 많았다.

…나무에 눈이 얼마나 많이 쌓였는지 보고 놀랐다. 특히 바람 부는 길목에서 벗어난 숲 속 한적한 곳에 있는 리기다소나무에 쌓인 눈이 놀라웠다. 지름 15센티미터에 키가 7.6미터인 백참나무도 땅에 닿을 듯 굽었고, 때로는 눈 때문에 부러지거나 쪼개지기도 했다. 나무가 사방에서 팽팽히 당겨진 활처럼 길을 향해 굽은 터라, 우리가 손이나 발로 흔들어야 나무가 허리를 펴고 지나갈 길을 내주었다. 이따금 바람이 불어 키 큰 나무에서 눈이 소나기처럼 쏟아졌다. 잔가지와 큰 가지에 쌓인 눈 덕분에 드러나긴 했지만, 원래 숲 속에 그렇게 많은 가지가 있는지 믿기지 않을 것이다. 완벽한 눈 벽이 생긴다는 것도, 새 한마리 앉을 곳이 없다는 것도 믿지 못할 것이다.

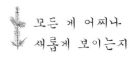

모든 게 어찌나
새롭게 보이는지

이튿날인 1월 20일은 날이 화창하고 맑았으며 그리 춥지 않았다. 소로는 달라진 풍경에 감탄하며 오전과 오후, 두 차례 조사에 나섰다.

～ 1855년 1월 20일 ～

어제 나무에 눈이 쌓인 모양이 마치 흰 냅킨이나 침대보가 나무에 툭 떨어져 가운데는 돌출되고 곳곳에 주름이 생기고 옴폭 들어간 것처럼 보였다. 잎이 없는 어느 평범한 관목에는 잔가지에 눈이 엄청 많이 쌓여서—단단히 한 덩어리로 뭉쳐진 모양은 아니지만 회전목마처럼 완벽한 미로 같았다—나무 사이로 보이는 틈이 없었다. 박새 울음소리는 몇 번밖에 못 들었다.

간혹 굽은 리기다소나무에 쌓인 눈을 보면 당장이라도 들이받을 태세인 숫양이나 코끼리의 머리가 떠오르기도 했다. 특히 눈이 많이 쌓인 곳에 서 있으면 숲은 설화 석고처럼 창백하고 새하얗게 보였다. 어린 소나무는 더없이 순수한 조각상이 떠오르게 했다. 주변에 우뚝 솟은 다 자란 당당한 소나무는 우리가 거대한 조각가의 작업실에 서 있는 기분을 선사했다. 너무나 깨끗하고 우아한 흰색이 빛을 발하자, 나무의 어두운 몸통이

전부 가려졌다. 우리와 빛 사이에 있는 시든 참나무 잎에 눈이
쌓인 곳에는 우아한 엷은 황갈색과 계피 빛깔을 띠는 다채로운
색조가 흰색과 어우러져 한층 아름다웠다.

오후. 제임스 태판과 함께 코낸텀까지 갔다가 찰스 마일즈의
집까지 감.

간밤에 강풍이 불었다. 덕분에 나무가 짐을 거의 다 덜었지만,
내 눈에는 아직 눈 더미가 보였다. 바람이 세게 부는 들판 곳곳
의 눈 표면에는 잘 쪼개지지 않는 석판처럼 나지막한 층을 이
룬 미세한 결이 보였다. 우리는 허바드 숲 뒤쪽 들판을 가로질

러 눈에 덮여 보이지 않는 도랑에 푹 빠지고 중간쯤 올라오다가 다시 허우적거렸다. 모든 게 어쩌나 새로워 보이는지. 들판에 넓고 야트막한 웅덩이가 어제는 진창이었는데, 오늘은 보드랍고 하얗고 양털 같은 빙설로 변했다. 냄비 밖으로 뿜어져 나와 구워진 빵처럼 보였다. 사방의 풍경이 마치 세상의 시초 같았다. 새로운 눈이 내려 모든 풍경을 덮는 곳에 낡아 빠진 것은 아무것도 없다.

…세상은 보기에 새로울 뿐 아니라 천지창조 때처럼 고요하다. 모든 풀잎도 나뭇잎도 잠잠하다. 새소리 하나 벌레 소리 하나 들리지 않는다. 아마도 멀리서 썰매 종소리만 어렴풋이 들리나 보다.

…나무줄기의 북서쪽 면에 꽤 높이 꼭대기까지 아직 눈이 있는 게 확실히 보이고, 그 방향에 뚜렷한 경계가 있다. 나무가 아래쪽 어디쯤에다 눈 위에 짐을 쌓아두어 울퉁불퉁하게 만드는지 보였다.

숲 속 깊은 골짜기의 소나무와 참나무는 아직 얼마간 눈을 지고 있지만, 얕은 습지는 3미터에 이르는 눈으로 절반이 채워졌다. 구부러진 덤불에 얹힌 눈은 늑대에게 은신처를 제공하는 것 같다.

좀 떨어진 숲에서 들려오는, 폭스하운드가 사냥감을 쫓는 소리가 마치 뿔피리 소리처럼 아주 음악적이고 감미롭기까지 했다.

나는 멀리 인적이 드문 고요한 들판에 서서 그 소리를 들었다.
숲 한복판에서 눈 쌓인 큰 가지와 어린 가지를 둘러보는 누군
가에게 내가 어제 숲의 모습을 보며 한 생각을 제대로 전달할
수 있을지 모르겠다. 마치 땅에 닿을 만한 게 전혀 남지 않은
것 같았다. 가능한 모든 각도로 지그재그로 엇갈린 무수한 하
얀 가지가 시야를 완전히 차단했다. 사방 15~20미터 이내에
빛이 표류하는 것 같았다. 상상할 수 있는 한도에서 가장 겨울
다운 풍경이었다.

Part 10

나무껍질을 타고

소로는 내륙 지역인 콩코드에 살았는데, 작가로서 그가 보여주는 나무 묘사에는 놀랍게도 항해 용어와 이미지가 가득하다. 사실 그의 내면에는 노련한 뱃사람의 일면과 평생에 걸친 바다 사랑이 존재했다. 그는 많은 미국인에게도 비슷한 정서가 있음을 알았기에 자신의 삶을 글에 담을 때 내면의 바다를 탐험하는 여정으로 그리려고 애썼다. 펜으로 콩코드의 숲을 바다의 큰 돛대로 바꿔 글에 담아냈다.

소로는 배에 달린 창유리로 숲을 살펴보며 나무를 범선인 스쿠너[*]나 슬루프[**]로 여겼다. 선체가 나무껍질bark로 된 배라고 생각하기도 했는데, 특히 이 배는 바크barque[***]라 부르면서 즐거워했다. 월든 호수 바닥에는 조류로 덮인 '숲의 난파선'이 있고, 호숫가에는 항해에 적합한 수많은 선박이 있는 셈이다. 호수 근처의 키 큰 소나무는 '모든 장비를 갖추고 굽이치는 가지를 달고 빛으로 잔물결을 일으키며' 바다의 선박처럼 있었다. 해마다 떨어지는 잎은 황갈색 낙엽 배로 된 거대한 함대를 진수했다.

소로는 실생활에서도 배를 타고 다니는 것을 좋아했고, 자연과 유연하게 어우러지는 은유로 즐겨 썼다. 바람이 불 때면 바닥이 평평한 배에 층층의 돛대(물론 자작나무 조각이다)를 세우고 항해에 나서곤 했다. 그는 1854년 4월, 폭우가 쏟아지고 이틀 뒤에 자신의 배에 몸을

---

[*] 돛대가 2개 이상이고, 세로돛을 단 범선.
[**] 돛대가 하나인 작은 범선.
[***] 돛대가 3개 이상이고 앞과 가운데 돛대는 가로돛, 뒤 돛대는 세로돛을 단 범선.

신고 콩코드 저습지를 여기저기 돌아다녔다.

진짜 물인지는 중요하지 않았다. 적어도 상상 속에서 소로는 숲에서 출항해 곶 주위를 돌고, 이국적인 해안을 따라 나아갔다. 그는 1851년 9월 초에 6~7킬로미터 떨어진 데서 마을의 고지 중 한 곳이 신록의 '여름 바다' 위로 삐죽 튀어나온 것을 보았다. 아너스낵 언덕 Annursnac Hill이 여기저기 '섬'—키 큰 나무 꼭대기—이 자리한 '큰 호수의 맞은편 물가에' 서 있는 듯 보였다. 소로는 그것이 '홀브룩의 느릅나무 꼭대기'일 뿐이라고 해도 그곳으로 출항할 수 있다고 생각했다. 어쩌면 더 멀리도 항해했을 것이다.

소로는 상상 속 항해에서 자신의 위치를 가늠하려고 나무를 천체처럼 사용했다. 《월든》에 쓴 글을 보면 그는 마을에서 저녁 시간을 보낸 뒤 '숲 속에 있는 아늑한 항구'를 향해 '출항'했다. 눈 감고도 갈 수 있는 길을 굳이 확인할 필요 없이 갑판 위에서 배의 외부는 '완전히 닫아버리고', '나의 육체만 키를 잡도록 놔둔 채' 사색의 '선실'로 내려갔다. 그는 사색에 잠기는 때가 많아서 나무 사이 빈 공간을 자주 쳐다봐야 했고, '예를 들어 숲 속 한복판에서 간격이 50센티미터도 안 되게 떨어진 소나무 두 그루 사이를 지날 때처럼 이미 아는 특정 나무를 손으로 만지며 감을 잡아서 나아가야' 했다. 그의 손이 집 빗장에 닿으면 즐거운 공상이 끝났다.

고향 사랑이 지극한 소로의 관심을 다른 데로 돌릴 만한 것은 바다밖에 없었다. 그는 바다의 힘과 해변과 먼 해안, 바다 위에서 이어지는 뱃사람의 여정에 매료되었다. 엘러리 채닝은 친구의 걸작을 '월든의 숲 속 항해일지'라고 칭했다. 소로의 핏속에는 정말로 소금이 흘렀을 것이다. 그의 할아버지 진 소로Jean Thoreau는 뉴잉글랜드 해상 활동의 중심지였던 보스턴 하버의 롱 워프에서 선박 용품을 팔았다. 소로가 자라는 동안 어머니 신시아 던바는 대대로 선원, 선장, 돛 꿰매는 일을 한 던바 가문에서 전해 내려온 뱃노래를 불러주었다.

소로는 《케이프 코드Cape Cod》에서 바다를 '샘 중의 샘이요, 폭포 중의 폭포'라고 칭했듯, 바다가 자연의 근원적인 힘을 품어서 끌리기도 했다. 그는 메인 숲에 세 번 갔는데 케이프 코드는 네 번(1849년, 1850년, 1855년, 1857년) 다녀왔다. 갈 때마다 바다의 가르침과 박력과 힘에 경외심을 느꼈다.

소로는 자신이 바다와 관련해 좋아하는 많은 것을 숲에 적용하려고 했다. 그는 바다와 숲을 별로 다르게 보지 않았다. 소로가 생각하기에 숲과 바다에서 나타나는 자연의 여러 방식마저 확실히 서로 비슷한 구석이 있었다. 예를 들어 해변에 밀려와 부서지는 파도와 숲에서 부는 바람 소리가 소로의 귀에는 묘할 정도로 비슷하게 들렸다.

소로가 바다의 영향력에서 벗어나기란 어려웠을 것이다. 콩코드는 19세기 미국의 분주한 해안 중심지인 보스턴과 연결된 곳이었다. 소로의 말로는 콩코드가 내륙으로 29킬로미터쯤 들어갔어도 9월의 강풍이 나무껍질에 소금기를 남길 정도로 충분히 가까웠다. 당시에는 바다가 미국의 대중문화를 장악하기도 했다. 뉴잉글랜드의 선박에 몸을 싣고 멀리 떨어진 이국의 항구로 항해하는 여정은 전 국민의 마음을 사로잡으며 국가의 힘을 공개적으로 드러내는 상징이 되었다. 스쿠너 요트 '아메리카'호가 1851년에 달성한 전례 없이 기록적인 속도, 포경선의 위업, 해상무역상, 탐험가 등을 둘러싼 이야기가 모든 사람의 입에 오르내렸다. 단 소로를 제외한 모든 사람이다. 소로는 외국항구를 들먹이는 이웃의 말에 감흥이 없었다. 사람들이 정작 자신이가진 것은 무시하고 갖지 못한 것만 귀하게 여긴다는 믿음이 굳어졌을뿐이다.

아바나에서 건너온 오렌지는 콩코드소셜클럽을 잔뜩 흥분시켰다. 소로는 이 클럽 회원의 과일 고르는 안목이 퇴보했다고 생각했다. 그는 그들이 먼 데서 공수되는 과일보다 직접 구할 수 있는 과일을 좋아해야 한다고 느꼈다. 뉴잉글랜드인의 눈과 입을 즐겁게 해주는 것은 '쿠바산 오렌지가 아니라 인근 목초지의 체커베리'라고 했다.

항해를 사랑하는 마음도, 대양의 유혹도 소로를 콩코드에서 끌어내지 못했다. 적어도 영영 끌어내진 못했다. 그가 자신이 나고 자란 풍경을 사랑하는 마음에는 애매하거나 얼버무릴 구석이 전혀 없었다. '나는 내가 태어난 곳에 늘 자부심을 가질 것이다.' 그가 1837년에 하버드대학을 졸업할 때 기념 앨범에 적은 글귀다. 그는 '육체'야 대학

동기들과 한자리에 있지만, '마음과 영혼'은 늘 콩코드에서 '내 고향 마을의 숲을 구석구석 돌아다니고 호수와 시내를 탐험했다'고 털어놓았다. 그 마을이 '전 세계에서 가장 찬탄할 만한 곳'인 까닭은 다른 곳보다 좋아서가 아니라 소로 자신이 사는 곳이기 때문이다. 그래서 그는 바다를 펜에 실어 자신에게 가져왔다. 독자들이 푸른 바다를 가로지르는 쾌속선에 매료된다면, 소로는 수려한 나무 위에 돛을 올려서 독자를 불러들일 것이다. 숲에서 보낸 자신의 삶이 낯선 지평선을 향해 가는 모든 여정만큼 대담하고 모험적이고 가치 있음을 그들에게 보여 줄 것이다.

초록빛 바다에서
항해하기

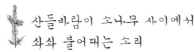

산들바람이 소나무 사이에서
쏴쏴 불어대는 소리

⌒ 1852년 2월 3일 ⌒

지금 절벽 너머 사람 손이 닿지 않은 소나무 숲에 비치는 달빛이
아주 눈부시다. 그늘과 빛이 조각조각 번갈아 모습을 드러낸
다. 빛은 찬란한 햇빛에 견줄 만한 밝기다. 나무줄기가 달빛과
눈을 배경 삼아 깨끗한 검은색을 띠어 낮보다 또렷이 보인다.
마치 먼 바닷가에서 부서지는 파도 소리처럼 산들바람이 소나
무 꼭대기에서 쏴쏴 불어대는 소리가 들려온다. 그 옆에는 마
른 잔가지가 달가닥거리거나 서로 쓸리는 소리가 들릴 뿐이다.
아마 가지 위에 눈이 조금 내리는 모양인지도. 아니면 하도 부
러지기 쉬운 가지라 나무가 움직이는 바람에 부러져서 떨어지
나 보다.

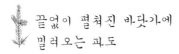

끝없이 펼쳐진 바닷가에 밀려오는 파도

화창하지만 추운 날이라 손이 시리다. 다음부터 겨울에는 장갑을 껴서 손을 보호하는 게 좋겠다. 제니 듀건의 목초지 근처에 있는 J. P. 브라운의 목초지를 지나는데 스트로부스소나무에 차가운 은색 빛이 비쳤다. 평지에 있는 말보로 길의 울창한 소나무 숲에 오두막이 있어서 기쁘다. 소나무 위로 포효하는 바람 소리가 마치 무수한 해변과 끝없이 펼쳐진 바닷가에 밀려오는 파도 소리처럼 들린다. 바람 소리 사이사이에는 현관과 입구에 두루 울려 퍼지는 종소리 같은 게 들린다. 그 소리에는 어딘가 목질木質의 울림이 있다. 숲의 장막 사이에서 바람이 어찌나 울부짖는지!

월든 호수에서 바람에 날리는 눈

나뭇잎 배 함대

나는 낙엽이라는 주제를 쉽게 떨칠 수가 없다. 강가를 따라 오리나무와 세팔란투스와 단풍나무 아래나 그 사이에서 폭이 1미터 남짓한 공간을 낙엽이 얼마나 빼곡히 덮었는지. 가볍고 단단하고 바싹 마른 배가 밀집한 도시처럼 모였다. 섬유조직이 물에 풀리지 않은 채 물결이 일 때마다 일렁이고 바스락거린다. 서서히 색이 바래지만, 순수하고 우아하고 다채로운 색조와 빛깔은 자연의 무쇠 가마에서 말린 차가 유명해진 이유일 것이다. 흩어진 나뭇잎 배가 수없이 모여 이 거대한 함대를 이룬 모습을 보라. 가볍고 단단하고 바싹 마른 배 한 척 한 척이 태양의 솜씨에 따라 사방으로 동그랗게 말렸다. 느린 해류에서 움직이는 듯 마는 듯 잠복 중인 배 같다. 뉴욕 어딘가로 들어갈 때 섞여 들어가는 거대한 함대 같다. …강물이 만드는 엄청난 소용돌이 속에서 천천히 움직이기도 한다. 물은 깊고 흐름은 강둑으로 다가갈수록 약해진다. 잎 하나하나 참으로 다소곳이 물 위에 쌓이는구나!

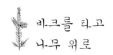
바크를 타고
나무 위로

아너스낵은 야트막한 덤불 섬(참나무나 느릅나무의 우듬지)이 여기저기 있는 큰 호수의 반대편 물가에서 멀리 떨어진 둥그스름하고 경사가 급한 어떤 언덕과 꼭 닮았다. 오, 나한테 제대로 된 바크가 있다면 저기 아너스낵까지 항해할 수 있을 텐데! 뱃사람들 말처럼 그곳은 육지에서 6킬로미터 남짓 떨어진 데 있다. 콩코드의 모든 농장과 집이 그 바다의 밑바닥에 있다. 나는 그것들을 잊고, 나의 생각은 의기양양하게 콩코드의 모든 농장과 집 위로 항해한다. 콩코드의 마을이 안개 속에 묻힌 곳을 내려다볼 때 나는 호수 수면과 항해할 여름 바다만 생각했다.

소로가 사랑한 페어헤이븐 절벽 아래 지붕 모양으로 우거진 나무. 사진 가운데가 페어헤이븐 내포다.

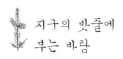

지구의 밧줄에
부는 바람

스토의 어린 참나무 삼림지대를 지나 언덕에 오르면서 시든 참나무 잎이 날카롭게 버석거리며 스치는 소리에 귀를 기울였다. 그건 요즘 숲이 내는 목소리다. 아직 붙어 있는 이 잎이 없다면 이곳은 비교적 고요하고 더 황량할 것이다. 그 소리는 바다의 포효처럼 들린다. 그런 강렬한 소리로 활기를 깨우고 기운을 북돋우면서 모든 육지가 어떻게 공중의 바다 연안이나 다름없는지 알려준다. 그것은 밀려드는 파도 소리이며, 보이지 않는 바다가 굴러오는 바퀴 소리이며, 물이 제 몸에 부딪히거나 모래밭과 바위에 부딪히는 소리처럼 대기의 큰 파도가 숲에 부딪히는 소리다. 바다의 파도가 그렇듯 소리가 기분 좋게 번갈아 들락달락하고 솟아오르다 서서히 잦아든다.

육지 사람은 그 소리를 듣고 폭풍을 예견할 수도 있다. 이 웅장한 속삭임이 어디나 있다니 참으로 놀랍다. 배경의 이 소리—밀려오는 파도, 숲에 부는 바람, 폭포—가 아직 귀로 들어봐도, 근원을 따져봐도 본디 하나의 목소리, 즉 대지의 목소리이자 생명체의 숨소리나 코골이임이 놀라울 따름이다. 대지는

우리가 타고 가는 배다. 이것은 우리가 항해하는 동안 그 배의 밧줄에서 나는 바람 소리다. 코드곶의 주민이 쉼 없이 해안에 부딪히는 파도 소리를 듣듯이, 우리 지역 주민도 숲의 나뭇잎에서 나는 이 비슷한 파도 소리를 듣는다.

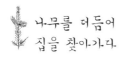

나무를 더듬어 집을 찾아가다

읍내에 늦도록 머물다 집에 가는 날, 호밀이나 옥수수 가루 한 부대를 어깨에 걸머지고 환한 마을 사랑방이나 강당을 나와, 유난히 비바람이 사나운 캄캄한 어둠 속으로 들어서서 숲 속에 있는 나의 아늑한 항구를 향해 출항하면 기분이 무척 좋았다. 배의 외부는 완전히 닫아버리고 나의 육체만 키를 잡도록 놔둔 채, 혹시 항해가 순조로울 때는 아예 키를 단단히 고정해둔 채 사색이라는 명랑한 선원과 해치 아래로 내려갔다. 나는 '항해를 하면서' 선실 난롯가에서 이런저런 기분 좋은 생각을 많이 했다.

험한 폭풍을 만날 때도 있었지만 어떤 날씨에도 조난을 당하거나 곤란을 겪지 않았다. 날씨가 별다를 바 없는 날이라도 숲 속의 밤은 대다수 사람이 짐작하는 것보다 어둡다. 나는 경로를 알기 위해 길 위쪽으로 나무 사이 빈 공간을 수시로 쳐다봐야 했고, 수렛길도 없는 곳에서는 내가 전에 길을 내고 다녀서 생긴 희미한 자국을 발로 더듬어 가야 했다. 예를 들어 변함없이 캄캄한 밤에 숲 속 한복판에서 간격이 50센티미터도 안 되는 소나무 두 그루 사이를 지날 때처럼 이미 아는 특정 나무를 손으로 만지며 감을 잡아서 나아가야 할 때도 있었다.

간혹 캄캄하고 후덥지근한 밤에 눈으로 식별할 수 없는 길을 발로 더듬어 찾아오는 내내 공상에 잠겨 넋 놓은 상태로 늦게 집에 돌아온 뒤, 내 손이 빗장을 올려야 해서 정신이 번쩍 들 때까지는 내가 걸어온 길을 한 발자국도 떠올릴 수 없었다. 손이 아무런 도움 없이 입까지 길을 찾아가듯이, 아무래도 내 몸은 주인이 자신을 저버리더라도 분명 집을 찾아올 것 같다는 생각이 들었다.

《월든》 중에서 〈마을〉

소로의 나무 일기

Thoreau and the language of trees

펴낸날 2018년 10월 25일 초판 1쇄
엮은이 리처드 히긴스
옮긴이 정미현
만들어 펴낸이 정우진 강진영 김지영
꾸민이 Moon&Park(dacida@hanmail.net)
펴낸곳 04091 서울시 마포구 토정로 222 한국출판콘텐츠센터 420호
편집부 (02) 3272-8863
영업부 (02) 3272-8865
팩 스 (02) 717-7725
이메일 bullsbook@hanmail.net / bullsbook@naver.com
등 록 제22-243호(2000년 9월 18일)

황소걸음
Slow&Steady

ISBN   979-11-86821-28-2 03840
ⓒ Richard Higgins 2018

- 이 도서의 국립중앙도서관 출판시도서목록(CIP)은 서지정보유통지원시스템 홈페이지(http://seoji.nl.go.kr)와
  국가자료공동목록시스템(http://www.nl.go.kr/kolisnet)에서 이용하실 수 있습니다.
  (CIP 제어번호 : CIP2018032222)

- 잘못된 책은 바꿔드립니다. 값은 뒤표지에 있습니다.